W0067397

Roald Dahl
Kuschelmuschel

Vier erotische
Überraschungen

Rowohlt

Die Originalausgabe erschien 1974 unter dem Titel
Switch Bitch bei Michael Joseph, Ltd., London
The Visitor (Der Besucher), deutsch von Jürgen Abel
The Great Switcheroo (Wildwechsel), deutsch von Jürgen Abel
und Werner Gronwald
The Last Act (Der letzte Akt), deutsch von Gisela Stege
Bitch (Bitch), deutsch von Jürgen Abel
Vorabdrucke dieser Erzählungen erschienen
in der amerikanischen und in der deutschen Ausgabe
der Zeitschrift *Playboy*
Schutzumschlag- und Einbandentwurf
von Jürgen Wulff

1.–25. Tausend Mai 1975
26.–35. Tausend August 1975
36.–45. Tausend September 1975
46.–55. Tausend November 1975
© Rowohlt Verlag GmbH, Reinbek bei Hamburg, 1975
Switch Bitch © Roald Dahl 1965, 1974
Alle deutschen Rechte vorbehalten
Gesamtherstellung Clausen & Bosse, Leck/Schleswig
Printed in Germany
ISBN 3 498 01222 3

Inhalt

Der Besucher

Unlängst wurde mir von der Bahnspedition eine große Kiste vor die Haustür gestellt. Es war eine ungewöhnlich feste, wohlgefügte Kiste aus einem dunkelroten Hartholz, das an Mahagoni erinnerte. Ich hievte sie unter großer Mühe auf einen Tisch im Garten und untersuchte sie eingehend. Die Schablonenaufschrift auf der einen Seite ließ erkennen, daß sie von Haifa aus mit der MS *Waverley Star* auf den Weg gebracht worden war, doch fand ich nirgendwo den Namen oder die Adresse des Absenders. Ich zerbrach mir den Kopf darüber, wer in Haifa oder der Umgebung von Haifa auf den Gedanken gekommen sein mochte, mir ein großartiges Geschenk zu machen. Mir fiel niemand ein. Nachdenklich ging ich zum Geräteschuppen hinüber und holte mir einen Hammer und einen Schraubenzieher. Dann machte ich mich vorsichtig daran, den Deckel der Kiste abzuheben.

Wer beschreibt mein Erstaunen, als ich entdeckte, daß die Kiste mit Büchern gefüllt war – mit eigenartig aussehenden Büchern. Band für Band nahm ich sie alle aus der

Kiste heraus (ohne zunächst auch nur in eines einen Blick zu werfen) und legte sie in drei ziemlich hohen Stapeln auf den Gartentisch. So lagen dort schließlich 28 stattliche Bände, und sehr hübsch anzuschauen waren sie auch. Sie waren – alle einheitlich – aufs prächtigste in sattgrünes Saffianleder gebunden und trugen auf dem Rücken in Goldprägung die Initialen O. H. C. und dazu eine römische Zahl (I bis XXVIII).

Ich nahm den erstbesten der Bände zur Hand – es war Band XVI – und schlug ihn auf. Die unlinierten weißen Seiten waren mit einer zierlich gestochenen Handschrift in schwarzer Tinte bedeckt. Auf der Titelseite stand die Jahreszahl «1934». Nichts weiter. Ich griff nach einem anderen Band. Er trug die Nummer XXI und enthielt weitere Manuskriptseiten in derselben Handschrift – nur daß hier auf der Titelseite die Jahreszahl «1939» stand. Ich legte den Band wieder auf den Tisch und zog Band I hervor, da ich hoffte, in ihm eine Art Vorwort oder vielleicht den Namen des Verfassers zu finden. Statt dessen entdeckte ich vorn im Band einen Briefumschlag. Er war an mich adressiert. Ich entnahm ihm den Brief, den er enthielt, und warf rasch einen Blick auf die Unterschrift: *Oswald Hendryks Cornelius.* Siehe da – Onkel Oswald!

Seit über dreißig Jahren hatte niemand von meiner Familie mehr etwas von Onkel Oswald gehört. Der Brief trug das Datum des 10. März 1964, und bis dato hatten wir nur vermuten können, daß Onkel Oswald noch lebte. Wir wußten so gut wie nichts von ihm, außer daß er in Frankreich lebte, daß er viel reiste und daß er ein wohlhabender

Junggeselle mit einigermaßen anstößigen, aber extravaganten Neigungen war, der mit seinen Verwandten nicht das geringste zu tun haben wollte. Alles übrige waren Gerüchte und Hörensagen, aber die Gerüchte waren so schillernd und das Hörensagen so exotisch, daß Onkel Oswald für uns alle seit langem ein strahlender Held war, eine Legende.

«Mein lieber Neffe», so begann der Brief, «ich glaube, Du und Deine drei Schwestern, Ihr seid meine nächsten noch lebenden Blutsverwandten. Deshalb seid Ihr meine rechtmäßigen Erben, und da ich kein Testament gemacht habe, wird alles, was ich bei meinem Tode hinterlasse, Euch gehören. Leider habe ich nichts zu hinterlassen. Ich habe einst ein recht ansehnliches Vermögen besessen, und daß ich kürzlich auf meine Art über alles verfügt habe, geht Euch nichts an. Zum Trost jedoch schicke ich Euch hiermit meine persönlichen Tagebücher. Sie sollten, so meine ich, in der Familie bleiben. Sie geben Auskunft über die besten Jahre meines Lebens, und es wird Euch nicht schaden, sie zu lesen. Solltet Ihr sie aber herumzeigen oder gar an Fremde ausleihen, so tut Ihr das auf Eure eigene, sicherlich nicht geringe Gefahr. Und solltest Du gar auf den Gedanken kommen, sie zu veröffentlichen, dann würde das, so stelle ich mir vor, nicht nur Dein Ende, sondern auch das des fraglichen Verlegers bedeuten. Denn Du mußt wissen, daß Hunderte der von mir in den Tagebüchern erwähnten Heldinnen allenfalls erst halbtot sind, und wärst Du so närrisch, ihren lilienweißen Ruf mit schamroten Druckbuchstaben zu beflecken, so würden sie im Handumdrehen dafür sorgen, daß Dein Kopf in einer Schüssel landet und wahrscheinlich obendrein noch im Ofen geröstet wird. So sei also lieber vorsichtig. Wir beide sind uns nur ein einziges Mal begegnet. Das war vor vielen Jahren, 1921, als Deine Familie noch in jenem großen, häßlichen Haus in South Wales lebte. Damals warst Du mit Deinen fünf Jahren noch ein kleines Kerlchen, und ich war Dein lieber Onkel. Du wirst Dich wohl kaum noch an das junge norwegische Kindermädchen erinnern, das Ihr damals hattet. Sie war eine bemerkenswert adrette, wohlgestalte Person, die selbst noch in ihrer Uniform mit dem lächerlichen gestärkten weißen Brustlatz, der ihren lieblichen Busen versteckte, exquisite Formen erkennen ließ. An dem Nachmittag, als ich bei Euch war, nahm sie Dich auf einen Spaziergang zum Glockenblumenpflücken mit in den Wald, und ich fragte, ob ich mitkommen dürfe. Als wir schließlich mitten im Wald waren, versprach ich Dir eine Tafel Schokolade, wenn es Dir gelänge, allein den Weg nach Haus zurückzufinden. Und Du hast Dir die Tafel Schokolade verdient (siehe Bd. III). Du warst ein verständiges Kind. So lebt denn wohl. Oswald Hendryks Cornelius.»

Das unerwartete Auftauchen dieser Tagebücher verursachte große Aufregung in meiner Familie, und alles riß sich darum, sie zu lesen. Wir wurden nicht enttäuscht. Es war eine erstaunliche Lektüre – heiter und vergnüglich, witzig, dramatisch und oft auch ebenso ergreifend. Die Vitalität dieses Mannes war einfach unglaublich. Er war ständig unterwegs, von Stadt zu Stadt, von Land zu Land, von Frau zu Frau, und zwischendurch suchte er Spinnen in Kaschmir oder war in Nanking hinter einer blauen Porzellanvase her. Aber die Frauen kamen immer an erster Stelle. Wo er auch aufkreuzte, überall hinterließ er einen endlosen Schwarm von über die Maßen zerzausten und zerschlagenen Frauen, die aber stets wie die Katzen schnurrten.

An 28 Bänden mit je dreihundert Seiten hat man eine gute Weile zu lesen, und nur sehr wenige Autoren brächten das Kunststück fertig, den Leser über eine solche Strecke hin in Atem zu halten. Aber Oswald schaffte es. Der Erzählstrom verlor nicht einen Augenblick seine Würze, kaum je sein Tempo, und jede einzelne Eintragung, ob lang oder kurz, und einerlei, wovon sie handelte, war fast ausnahmslos eine wunderbare kleine, in sich abgerundete Geschichte. Und wenn man schließlich die letzte Seite des letzten Bandes verschlungen hatte, saß man mit dem ziemlich atemberaubenden Gefühl da, daß hier womöglich eines der gewichtigsten autobiographischen Werke unserer Zeit vorlag.

Selbst wenn man dieses Œuvre nur als die Chronik der amourösen Abenteuer eines Mannes betrachtete, gab es zweifellos nichts, was sich damit hätte messen können. Casanovas *Memoiren* lasen sich daneben wie ein Kirchenblättchen, und der legendäre Liebhaber selbst wirkte neben Oswald sexuell minderbemittelt.

Aber darüber hinaus enthielt jede Seite gesellschaftliches Dynamit. Darin hatte Oswald vollkommen recht. Sicherlich aber irrte er, wenn er glaubte, die explosiven Reaktionen würden nur von seiten der Frauen kommen. Wie stand es denn mit ihren Männern, den gedemütigten Gehörnten, den Hahnreis? Der Hahnrei, wenn gereizt, ist ein äußerst wütender Vogel, und Hunderte und Aberhunderte würden aus dem Gebüsch aufflattern, falls zu ihren Lebzeiten ‹Die Cornelius-Tagebücher› ans Licht der Öffentlichkeit kämen. Eine Drucklegung kam daher nicht in Betracht.

Es war ein Jammer! Ein solcher Jammer, daß ich darüber nachdachte, ob sich da nicht doch irgend etwas machen ließ. So las ich denn die Tagebücher noch einmal vom Anfang bis zum Ende durch. Ich hoffte, wenigstens *eine* in sich abgeschlossene Geschichte zu entdecken, die man drucken und veröffentlichen könnte, ohne daß dadurch der Verleger und ich selbst in ernste Schwierigkeiten gerieten. Zu meiner großen Freude fand ich nicht weniger als sechs solcher Geschichten. Ich zeigte sie einem Anwalt. Er sagte, nach seinem Dafürhalten stelle ihre Veröffentlichung kein Risiko dar, aber eine Garantie könne er mir nicht dafür geben. Eine der Geschichten – ‹Das Erlebnis in der Wüste Sinai› – erscheine ihm weniger riskant als die anderen fünf, fügte er hinzu.

So habe ich mich denn entschlossen, mit dieser Geschichte einen Anfang zu machen und sie unverzüglich mit meinem kurzen Vorwort hier zur Veröffentlichung anzubieten. Falls sie angenommen und gedruckt wird und alles gutgeht, werde ich vielleicht noch zwei oder drei weitere preisgeben.

Die Sinai-Episode findet sich im letzten der Bände, Band XXVIII, und die Eintragung stammt vom 24. August 1946.

Genauer gesagt ist es sogar die *letzte Eintragung überhaupt*, offenbar also das letzte, was Oswald je schrieb, und
wohin er sich nach diesem Datum begab oder was er
danach trieb, entzieht sich unserer Kenntnis. Hier sind wir
gänzlich auf Vermutungen angewiesen. Sie werden die
Eintragung sogleich im Wortlaut lesen können, aber damit
Sie einiges, was Oswald in dieser Geschichte sagt und tut,
besser verstehen, möchte ich Ihnen zunächst ein wenig
über ihn selbst erzählen. Aus der Fülle der Bekenntnisse
und Reflexionen, die in den 28 Bänden enthalten sind,
tritt uns ein recht klares Bild seines Charakters entgegen.

Zur Zeit der Sinai-Episode war Oswald Hendryks Cornelius 51 Jahre alt, und er hatte natürlich nie geheiratet.
«Ich fürchte», so pflegte er zu sagen, «daß ich mit einem
ungewöhnlich wählerischen Wesen gesegnet – oder vielmehr sollte ich sagen: geschlagen – bin.»

In gewisser Weise traf dies zu, doch in manch anderer
Hinsicht – und insbesondere was das Heiraten angeht
– war diese Äußerung das genaue Gegenteil der Wahrheit.

Der wahre Grund, warum Oswald sich geweigert hatte
zu heiraten, lag einfach darin, daß er sein Leben lang nie
imstande gewesen war, seine Aufmerksamkeit länger auf
eine einzelne Frau zu konzentrieren, als er zu ihrer Erobe-
rung brauchte. War letzteres einmal geschehen, verlor er
jedes Interesse an ihr und sah sich nach dem nächsten
Opfer um.

Ein normaler Mann würde darin schwerlich einen triftigen Grund dafür sehen, Junggeselle zu bleiben, aber Oswald war nun einmal kein normaler Mann. Er war nicht einmal ein normaler polygamer Mann. Er war, um ehrlich zu sein, ein so unbeständiger und unverbesserlicher Schwerenöter, daß keine Braut der Welt es länger mit ihm ausgehalten hätte als ein paar Tage, geschweige denn für die Dauer der Flitterwochen – obschon es, weiß der Himmel, genug Frauen gab', die nur zu bereit gewesen wären, es auf einen Versuch ankommen zu lassen.

Er war hochgewachsen und schlank. Seine Stimme klang sanft, seine Umgangsformen waren angenehm, und auf den ersten Blick wirkte er eher wie ein Kammerherr am Hof der Königin als wie ein berüchtigter Wüstling. Nie sprach er anderen Männern gegenüber von seinen amourösen Affären, und hätte ein Fremder auch einen ganzen Abend mit ihm zusammengesessen und geplaudert, er wäre doch nicht in der Lage gewesen, das geringste Anzeichen von Arglist in Oswalds klaren blauen Augen zu entdecken. Oswald war im Grunde genau der Mann, den ein besorgter Vater gern gebeten hätte, seine Tochter sicher heimzubegleiten.

Saß Oswald aber mit einer *Frau* zusammen, einer Frau, die ihn interessierte, veränderte sich blitzschnell der Ausdruck seiner Augen, und wenn er sie ansah, begann genau im Zentrum seiner beiden Pupillen ein kleiner, gefährlicher Funke zu tanzen. Und dann redete er lebhaft und gescheit und sicherlich amüsanter auf sie ein, als das irgend jemand zuvor getan hatte. Dies war eine besondere Gabe von ihm, ein geradezu einzigartiges Talent, und wenn er es darauf anlegte, wanden sich seine Worte wie eine Schlange um seine Zuhörerin, bis er sie in eine Art Trance versetzt hatte.

Aber nicht nur seine gepflegte Unterhaltung und das Funkeln in seinen Augen faszinierte die Frauen. Es war auch seine Nase. (In Bd. XIV gibt Oswald mit offenkundigem Genuß den Wortlaut eines Briefchens wieder, das er von einer gewissen Dame erhielt, die darin solche und ähnliche Einzelheiten mit großer Genauigkeit beschreibt.) Anscheinend passierte, wenn Oswald Feuer fing, etwas Merkwürdiges mit seinen Nasenflügeln. Sie zuckten und strafften sich, und dabei weiteten sich seine Nasenlöcher und gaben ein Stück des hellroten Inneren frei. Das verlieh seinem Gesicht einen sonderbar wilden, animalischen Ausdruck, und wenn die Beschreibung dieses Vorgangs auch nicht sehr anziehend klingen mag, so war doch der Effekt auf die Damen elektrisierend.

Fast ausnahmslos fühlten sich die Frauen zu Oswald hingezogen. Er war vor allem anderen ein Mann, der sich um keinen Preis binden wollte, und das allein schon machte ihn begehrenswert. Rechnet man seinen überragenden Intellekt, seinen bestrickenden Charme und seine sagenumwobene Potenz hinzu, so ergibt das eine geradezu unwiderstehliche Kombination.

Doch wollen wir für einen Augenblick die anrüchige und zügellose Seite vergessen, um festzustellen, daß noch eine Reihe anderer überraschender Aspekte Oswald zu einer recht faszinierenden Gestalt machten. So gab es zum Beispiel nur sehr wenig, das er nicht über die italienische

Oper des 19. Jahrhunderts wußte, und er hatte sogar ein kurioses kleines Bändchen über die drei Komponisten Donizetti, Verdi und Ponchielli verfaßt. Er zählte darin alle bedeutenderen Mätressen auf, die diese Männer im Laufe ihres Lebens gehabt hatten, und untersuchte sodann ganz ernsthaft die Beziehungen zwischen schöpferischer und fleischlicher Leidenschaft und ihre Wechselwirkung im Hinblick auf die Werke dieser Komponisten.

Ein weiterer Gegenstand seines Interesses war chinesisches Porzellan, und er genoß als Autorität auf diesem Gebiet weltweite Anerkennung. Seine besondere Liebe galt den blauen Vasen der Tschin-Hoa-Periode, und er besaß eine kleine, aber exquisite Sammlung solcher Stücke.

Außerdem sammelte er Spinnen und Spazierstöcke.

Seine Sammlung von Spinnen oder, genauer gesagt, von Arachniden – denn sie schloß auch Skorpione und Pedipalpen ein – war vermutlich so umfassend wie keine andere, von Sammlungen in Museen abgesehen, und seine Kenntnis der zahllosen Gattungen und Arten war imponierend. Übrigens vertrat er (wahrscheinlich mit Recht) die Auffassung, daß Spinnenseide an Qualität dem außergewöhnlichen Gespinst des Seidenspinners überlegen sei, und nie trug er einen Schlips aus irgendeinem anderen Material. Er besaß etwa vierzig solcher Binder, und um diese stattliche Kollektion erwerben und sie jährlich um zwei neue Exemplare ergänzen zu können, hatte er Tausende und Abertausende von *Arana* und *Epeira diademata* (den gewöhnlichen englischen Gartenspinnen) in einem alten Treibhaus im Park seines Landsitzes vor Paris halten müssen, wo sie sich etwa in dem gleichen Tempo vermehrten, in dem sie sich gegenseitig auffraßen. Er sammelte selbst das Rohgespinst ein – niemand außer ihm durfte jenes gespenstische Glashaus betreten – und sandte es nach Avignon, wo es gehaspelt und gesponnen und gereinigt und gefärbt und zu Seidenstoff verarbeitet wurde. Diese Seide wurde dann direkt an Sulka in London geschickt, wo man von der ganzen Angelegenheit entzückt war und nur zu gern erlesene Schlipse aus einem so raren und wundersamen Material fertigte.

«Aber du willst doch nicht behaupten, daß du Spinnen wirklich magst?» pflegten die Frauen, die Oswald auf seinem Landsitz besuchten, zu fragen, wenn er ihnen seine Sammlung vorführte.

«Oh, ich bete sie an», antwortete er dann. «Vor allem die Weibchen. Sie erinnern mich nämlich sehr an gewisse menschliche Weibchen, die ich kenne. Sie erinnern mich an meine menschlichen Lieblingsweibchen.»

«Was für ein Unsinn, Liebling!»

«Unsinn? Ganz und gar nicht.»

«Das ist doch geradezu beleidigend.»

«Ganz im Gegenteil, meine Teure, es ist das größte Kompliment, das ich einer Frau machen kann. Hast du zum Beispiel nicht gewußt, daß die Spinnenweibchen beim Liebesakt so wild sind, daß die Männchen wirklich Glück haben, wenn sie am Ende mit dem Leben davonkommen? Nur wenn ein Männchen außergewöhnlich agil und unglaublich raffiniert ist, kommt es heil davon.»

«*Oswald*, nun mach mal einen Punkt!»

«Und die Krabbenspinne, meine Süße, die winzig kleine Krabbenspinne ist in ihrer Leidenschaft so gefährlich, daß ihr Liebhaber sie mit kunstvollen Schlingen und Knoten aus seinem eigenen Faden fesseln muß, ehe er es wagen kann, sie zu umarmen . . .»

«Jetzt aber Schluß, Oswald, und zwar auf der Stelle!» riefen dann die Frauen, und ihre Augen schimmerten und glänzten.

Oswalds Spazierstocksammlung war auch wieder etwas Besonderes. Jeder seiner Stöcke hatte einst irgendeiner berühmten oder berüchtigten Persönlichkeit gehört. Er bewahrte sie in seiner Pariser Wohnung auf, in zwei langen Gestellen an den Wänden des Flurs, der, breit wie eine Autostraße, vom Salon zu seinem Schlafzimmer führte. Über jedem Spazierstock wies ein kleines Elfenbeinschildchen auf den ehemaligen Besitzer hin: Sibelius, Milton, König Faruk, Dickens, Robespierre, Puccini, Oscar Wilde, Franklin D. Roosevelt, Goebbels, Königin Viktoria, Toulouse-Lautrec, Hindenburg, Tolstoj, Laval, Sarah Bernhardt, Goethe, Woroschilow, Cézanne, Tojo . . . Es müssen insgesamt über hundert Stöcke gewesen sein, manche sehr hübsch, andere unscheinbar, manche mit goldenem oder silbernem Knauf und manche mit geschwungenem Griff.

«Nehmen Sie doch einmal den Tolstoj herunter», sagte Oswald etwa, wenn er eine schöne Besucherin durch den Flur führte. «Nur zu, nehmen Sie ihn . . . So ist's recht . . . Und jetzt . . . Jetzt fahren Sie einmal mit der Handfläche sanft über den Knauf, den die Hand des großen Mannes blankgerieben hat. Ist es nicht wunderbar, so etwas zu berühren und den Kontakt mit der Haut zu spüren?»

«Ja, wirklich. Eigenartig.»

«Und nun greifen Sie nach dem Goebbels, und tun Sie das gleiche. Nein, richtig zufassen. Sie müssen Ihre Hand fest um den Griff legen . . . Gut . . . Und jetzt . . . jetzt stützen Sie sich einmal mit Ihrem ganzen Gewicht darauf, ganz fest, genauso, wie der kleine, hinkende Doktor das zu tun pflegte . . . Da . . . Ja, so ist's recht . . . Und nun verharren Sie etwa eine Minute lang in dieser Stellung, und dann sagen Sie mir, ob Sie nicht das Gefühl haben, ein kleiner, eisiger Finger kröche Ihnen den Arm herauf und in Ihren Ausschnitt hinein?»

«Es ist abscheulich!»

«Gewiß, das ist es. Manche Leute werden ohnmächtig dabei. Sie schlagen der Länge nach hin.»

Niemand hat sich in Oswalds Gesellschaft je gelangweilt, und vielleicht liegt darin – mehr als in allem anderen – die Erklärung für seinen Erfolg.

Wir kommen nunmehr zur Sinai-Episode. In jenem Monat hatte Oswald sich damit amüsiert, gemütlich und gemächlich von Khartum nach Kairo zu fahren. Er besaß einen vortrefflichen Vorkriegs-Lagonda, der während der Kriegsjahre in der Schweiz sorgsam eingelagert gewesen und, wie Sie sich vorstellen können, mit allen technischen Raffinessen unter der Sonne ausgestattet war. An dem Tag vor seinem Erlebnis in der Wüste Sinai, das am 23. August 1946 stattfand, hielt Oswald sich in Kairo auf. Er war im *Shepheard's Hotel* abgestiegen und hatte an jenem Abend, nach einer Reihe dreister Manöver, eine mohammedanische Dame vermutlich aristokratischer Herkunft becirct, die mit Vornamen Isabella hieß. Diese Isabella aber war ausgerechnet die eifersüchtig bewachte Mätresse von niemand geringerem als einer gewissen, nur zu bekannten dyspeptischen Persönlichkeit königlichen Geblüts (Ägypten war damals noch eine Monarchie). Ein für Oswald typisches Unternehmen!

Doch es sollte noch schlimmer kommen. Gegen Mitternacht fuhr er mit der Dame nach Gizeh hinaus und überredete sie, mit ihm im Mondschein die Spitze der großen Cheopspyramide zu erklimmen.

«... Es gibt keinen sichereren Ort», schrieb er in sein Tagebuch, «und auch keinen romantischeren als den Gipfel einer Pyramide in einer warmen Vollmondnacht. Nicht nur die herrliche Aussicht erregt die Leidenschaften, sondern auch das seltsame Gefühl der Macht, das einen überkommt, wenn immer man aus großer Höhe auf die Welt hinabblickt. Und was die Sicherheit angeht – die Cheopspyramide ist 137 Meter hoch, also 27 Meter höher als die Kuppel der St. Pauls-Kathedrale in London, und von ihrer Spitze aus kann man mühelos alles, was sich etwa nähert, sorgsam beobachten. Kein anderes Boudoir auf Erden hat solche Annehmlichkeiten zu bieten. Keines hält einem so viele Fluchtwege offen, denn sollte die finstere Gestalt eines Verfolgers auf der einen Seite der Pyramide heraufgeklettert kommen, braucht man nur ruhig und gelassen auf der anderen Seite hinunterzusteigen ...»

Der Zufall wollte es, daß Oswald in jener Nacht nur mit knapper Not entkam. Irgendwie mußte man im Palast von der kleinen Affäre Wind bekommen haben. Jedenfalls bemerkte Oswald plötzlich aus seiner luftigen Mondscheinhöhe nicht eine, sondern *drei* finstere Gestalten, die sich von drei verschiedenen Seiten der Pyramide näherten und hinaufzuklettern begannen. Zu seinem Glück aber hat die große Cheopspyramide ja noch eine vierte Seite, und als die gedungenen Araber den Gipfel erreichten, waren die beiden Liebenden bereits wieder am Fuß der Pyramide angelangt und in den Wagen gestiegen.

In der Tagebucheintragung vom 24. August wird der Bericht an eben diesem Punkte aufgenommen. Diese Eintragung wird hier Wort für Wort und Komma für Komma so wiedergegeben, wie Oswald sie niedergeschrieben hat. Nichts wurde geändert, nichts hinzugefügt, nichts gekürzt.

24. August 1946

«Er wird Isabellas Kopf abschlagen, wenn er sie jetzt erwischt», sagte Isabella.

«Unsinn!» antwortete ich. Aber ich dachte bei mir, daß sie wahrscheinlich recht hatte.

«Er wird Oswalds Kopf auch abschlagen», sagte sie.

«Meinen nicht, liebe Dame. Ich werde längst weit fort von hier sein, wenn der Tag anbricht, denn ich fahre jetzt unverzüglich nilaufwärts nach Luxor.»

Wir entfernten uns in rascher Fahrt von den Pyramiden. Es war inzwischen etwa halb drei Uhr morgens.

«Nach Luxor?» fragte sie.

«Ja.»

«Und Isabella fährt mit dir.»

«Nein», sagte ich.

«Doch», sagte sie.

«Ich reise prinzipiell nicht mit einer Dame», sagte ich.

Vor uns sah ich einige Lichter. Sie gehörten zum *Mena House Hotel*, einer Herberge, wo die Touristen sich unweit der Pyramiden in der Wüste aufhalten können. Ich fuhr ziemlich nahe an das Hotel heran und hielt.

«Hier setze ich dich ab», sagte ich. «Es war sehr nett mit dir.»

«Du willst also Isabella nicht mit nach Luxor nehmen?»

«Nein, leider nicht», sagte ich. «Los, hau ab!»

Sie schickte sich an, aus dem Wagen zu steigen, setzte den einen Fuß auf die Straße, hielt inne, und dann schwang sie sich plötzlich zu mir herum und übergoß mich mit einer nicht aufhörenden Flut von so schmutzigen Ausdrücken, wie ich sie noch nie von den Lippen einer Dame gehört hatte seit . . . nun ja, seit 1931 in Marrakesch, als die gierige alte Herzogin von Glasgow ihre Hand in eine Pralinenschachtel tauchte und von einem Skorpion gezwickt wurde, den ich dort aus Sicherheitsgründen untergebracht hatte (Bd. XIII, 5. Juni 1931).

«Du bist widerlich», sagte ich.

Isabella sprang aus dem Wagen und schlug so heftig die Tür zu, daß mein ganzes Gefährt erbebte. Ich brauste davon. Dem Himmel sei Dank! Ich hatte sie vom Hals. Ich kann es nun einmal nicht ertragen, wenn ein hübsches Mädchen sich schlecht benimmt.

Beim Fahren behielt ich den Rückspiegel im Auge, doch bisher schien kein Wagen mir zu folgen. Nachdem ich den Stadtrand von Kairo erreicht hatte, suchte ich mir meinen Weg durch Seitenstraßen und mied das Zentrum der Stadt. Ich war nicht etwa sonderlich beunruhigt. Die Wachhunde des Königs würden die Sache wahrscheinlich nicht weiter verfolgen. Dennoch wäre es tollkühn gewesen, unter den gegebenen Umständen ins *Shepheard's Hotel* zurückzukehren. Das war im übrigen auch gar nicht nötig, denn bis auf ein kleines Handköfferchen hatte ich mein gesamtes Gepäck bei mir im Wagen. Ich lasse nie größere Koffer im Hotelzimmer stehen, wenn ich abends in einer fremden Stadt ausgehe. Ich bin gern beweglich.

Natürlich hatte ich nicht die Absicht, nach Luxor zu fahren. Vielmehr wollte ich Ägypten jetzt endlich verlassen. Ich mochte dieses Land überhaupt nicht. Wenn ich es mir recht überlege, hatte ich es nie gemocht. Ich fühlte mich dort nicht wohl in meiner Haut. Das lag wohl an dem Schmutz überall und an den Fäulnisgerüchen. Geben wir es nur zu, es ist ja doch wirklich ein ziemlich unsauberes Land, und ich habe den starken Verdacht, auch wenn ich dergleichen ungern sage, daß die Ägypter sich weniger gründlich waschen als irgendein Volk in der Welt – die Mongolen vielleicht ausgenommen. Bestimmt jedenfalls spülen sie das Geschirr nicht so, wie ich es gewohnt bin. Ob Sie mir glauben oder nicht: am Rand der Tasse, die man mir gestern zum Frühstück hinstellte, befand sich ein langer, verschmierter kaffeebrauner Abdruck einer Unterlippe. Igitt! Es war ekelhaft! Ich habe immer wieder darauf gestarrt und überlegt, wessen sabbernde Unterlippe sich da wohl verewigt hatte.

Ich fuhr jetzt durch die engen, schmutzigen Straßen der östlichen Außenviertel von Kairo. Ich wußte genau, wohin ich wollte. Darüber war ich mir bereits klar geworden, ehe ich noch mit Isabella die Pyramide halb wieder hinuntergeklettert war. Ich wollte nach Jerusalem. Das war sozusagen gar keine Entfernung, und Jerusalem hatte mir immer schon gefallen. Außerdem kam ich so am schnellsten aus Ägypten heraus. Meine Reiseroute hatte ich wie folgt geplant:

1. Von Kairo nach Ismailia. Fahrzeit ungefähr drei Stunden. Unterwegs würde ich wie gewöhnlich eine Oper singen. Ankunft in Ismailia zwischen 6 und 7 Uhr morgens. Dort ein Hotelzimmer nehmen und zwei Stunden schlafen. Dann duschen, rasieren und frühstücken.

2. Um 10 Uhr vormittags den Suezkanal überqueren (die Brücke bei Ismailia) und dann auf der Wüstenstraße durch die Halbinsel Sinai zur Grenze von Palästina fahren. Unterwegs in der Wüste Sinai nach Skorpionen suchen. Zeit insgesamt etwa vier Stunden. Ankunft an der Grenze von Palästina also gegen 2 Uhr nachmittags.

3. Von dort gleich weiter nach Jerusalem via Beersheba. Ankunft im *King David Hotel* rechtzeitig zum Apéritif und zum Abendessen.

Es war schon einige Jahre her, seit ich diese Strecke zuletzt gefahren war, aber ich erinnerte mich, daß die Wüste Sinai eine hervorragende Gegend war, wenn man nach Skorpionen suchen wollte. Ich wünschte mir sehnlichst noch ein weiteres Opishophthalmus-Weibchen, womöglich ein großes. Dem Exemplar, das ich besaß, fehlte das fünfte Segment des Schwanzes, und das war eine Schande.

Es dauerte nicht lange, bis ich die Hauptstraße nach Ismailia gefunden hatte, und sobald ich mich auf ihr befand, fuhr ich mit meinem Lagonda stetig und gleichmäßig etwa 100 Stundenkilometer. Die Straße war schmal, hatte aber eine glatte Oberfläche, und es herrschte kaum Verkehr. Das Nildelta lag rings um mich öde und trostlos im Mondlicht da, lauter flache baumlose Felder mit Wassergräben dazwischen und überall tiefschwarze Erde. Eine unsagbar trübselige Landschaft.

Aber *mich* kümmerte das nicht. Ich hatte nichts damit zu schaffen. Ich saß gemütlich und isoliert in meinem Luxusgehäuse – wie ein Einsiedlerkrebs in seiner Schale – und gab kräftig Gas. Oh, wie gern bin ich doch unterwegs. Wie gern fliege ich dahin, neuen Menschen und neuen Städten entgegen, und lasse die alten hinter mir! Nichts in der Welt vermag mich mehr zu beschwingen. Und wie sehr verachte ich den Durchschnittsbürger, der in seinem kleinen Häuschen mit seiner dümmlichen Frau zusammenhockt, im eigenen Saft dahinschmort und langsam vermodert, bis er das Ende seines Lebens erreicht. Und immer mit derselben Frau! Ich kann es einfach nicht *begreifen*, wie ein Mann, der seine fünf Sinne beisammen hat, Tag um Tag und Jahr um Jahr dieselbe Frau erträgt. Gewiß, nicht alle bringen dieses Kunststück fertig. Aber Millionen tun so als ob.

Ich selbst habe eine intime Beziehung nie, aber auch nie länger als zwölf Stunden aufrechterhalten. Zwölf Stunden sind für mich das äußerste. Schon acht Stunden wollen mir etwas lang erscheinen. Sie sehen ja, was zum Beispiel mit Isabella passierte. Während wir uns dort oben auf dem Gipfel der Pyramide befanden, war sie eine Dame mit ermunternden Qualitäten, gefügig und verspielt wie ein Hündchen. Und hätte ich sie dort oben der Willkür jener drei gedungenen Araber überlassen und mich allein aus dem Staube gemacht, so wäre alles zum besten gewesen. Aber ich war so töricht, bei ihr zu bleiben und ihr beim Abstieg zu helfen. Und wie hat diese reizende Dame mir das dann vergolten! Mit einem Schwall ordinären Hurengekreischs, das mir in den Ohren gellte. Abscheulich!

In was für einer Welt leben wir! Ein Kavalier darf heute nicht mehr auf Dank rechnen.

Der Lagonda glitt leise durch die Nacht. Wie wär's jetzt mit einer Oper, dachte ich. Und welche soll es diesmal sein? Mir war nach Verdi zumute. Vielleicht *Aida*? Natürlich! *Aida* war genau das richtige – ich war schließlich noch in Ägypten! Sehr passend.

Ich fing an zu singen. In dieser Nacht war ich besonders gut bei Stimme. Ich sang aus voller Kehle. Es war herrlich. Und während ich durch die kleine Stadt Bilbeis fuhr, war ich Aida und sang *«Numei pieta»*, die wunderschöne Schlußpassage der ersten Szene.

Eine halbe Stunde später, in Sagasig, war ich Amonasro und bat den König von Ägypten, die äthiopischen Gefangenen zu schonen: *«Ma tu, re, tu signore possente.»*

Und als ich durch El Abbasa fuhr, war ich der Feldherr Radamès. Ich sang *«Fuggiam gli adori nospiti»*, und ich ließ alle Wagenfenster herunter, damit dieses unvergleichliche Liebeslied an die Ohren der Fellachen dringen konnte, die in ihren Hütten zu beiden Seiten der Straße schnarchten. Vielleicht würde es sich in ihre Träume mischen.

Als ich schließlich in Ismailia ankam, war es sechs Uhr früh, und die Sonne kletterte bereits in einen milchblauen Himmel empor. Ich aber lag mit Aida im schrecklichen Verlies und sang: *«O, terra, addio; addio valle di pianti!»*

Wie schnell hatte ich die Fahrt hinter mich gebracht. Ich fuhr zu einem Hotel. Die Angestellten waren noch etwas verschlafen. Ich brachte sie auf Trab und bekam das beste verfügbare Zimmer. Die Bettücher und die Bettdecke sahen so aus, als hätten schon 25 ungewaschene Ägypter 25 Nächte hintereinander darin geschlafen. Daher riß ich alles herunter (nicht ohne mir danach unverzüglich die Hände mit antiseptischer Seife zu schrubben) und ersetzte es durch mein persönliches Bettzeug. Dann stellte ich meinen Wecker und schlief fest und tief zwei Stunden lang.

Zum Frühstück bestellte ich mir ein pochiertes Ei. Als

man mir den Teller hinstellte – und ich gestehe, daß sich mir allein beim Schreiben darüber schon der Magen umdreht –, lag ein zehn Zentimeter langes, *glänzendes, gekräuseltes pechschwarzes menschliches Haar* quer über dem Eigelb. Das war zuviel. Ich sprang auf und stürzte aus dem Speisesaal hinaus. *«Addio!»* rief ich und warf dem Kassierer im Davoneilen ein paar Geldscheine hin. *«Addio valle di pianti!»* Und damit schüttelte ich den schmutzigen Staub des Hotels von meinen Füßen.

Auf in die Wüste Sinai! Sie würde eine willkommene Abwechslung sein! Eine richtige Wüste gehört heute zu den am wenigsten verseuchten Flecken auf unserer Erde, und die Wüste Sinai bildete da keine Ausnahme. Die Straße, die sie durchquerte, war ein etwa 220 Kilometer langer, schmaler schwarzer Teerzementstreifen. Auf halber Strekke etwa befand sich die einzige Tankstelle in einem aus ein paar Hütten bestehenden Ort, der Bir Rawd Salim hieß. Alles übrige weit und breit war nichts als leere, unbewohnte Wüste. Es würde dort sehr heiß sein um diese Jahreszeit, und so war es lebenswichtig, daß ich mir für den Fall einer Panne etwas Trinkwasser mitnahm. Daher fuhr ich bei einer Art Krämerladen in der Hauptstraße von Ismailia vor, um mir meinen Wasserkanister auffüllen zu lassen.

Ich ging in den Laden und sprach mit dem Besitzer. Der Mann litt unter einem üblen Trachom. Die glasigen Körner am unteren Rand seiner Augenlider waren so dick, daß die Lider selbst von den Augäpfeln abstanden – ein abscheulicher Anblick. Ich fragte ihn, ob er mir fünf Liter *abgekoch-*

tes Wasser verkaufen könne. Er hielt mich offensichtlich
für verrückt und schließlich für vollends übergeschnappt,
als ich darauf bestand, ihm in seine schmuddelige Küche zu
folgen, da ich sichergehen wollte, daß er auch alles richtig
machte. Er füllte einen großen Kessel mit Leitungswasser
und stellte ihn auf einen Petroleumkocher. Der Apparat
hatte nur eine winzig kleine, schwelende gelbe Flamme.
Der gute Mann schien jedoch sehr stolz auf seinen Kocher
zu sein und stolz auch darauf, wie gut er funktionierte.
Den Kopf schief zur Seite gelegt, stand er bewundernd
davor. Nach einer Weile meinte er, ich würde vielleicht
lieber vorn im Laden warten. Er werde mir, so sagte er, das
Wasser bringen, sobald es soweit sei. Ich weigerte mich,
die Küche zu verlassen. Ich stand da und bewachte den
Kessel wie ein Löwe. Ich wartete darauf, daß das Wasser zu
kochen begann, und während ich so dastand, sah ich plötzlich die Frühstücksszene mit all ihren Schrecken – dem Ei,
dem Eigelb und dem Haar – wieder vor mir. Wessen Haar
mochte es gewesen sein, das da in dem schleimigen Gelb
meines Frühstückseis gelegen hatte? Zweifellos doch das
Haar des Kochs. Und wann, bitte sehr, hatte dieser Koch
sich wohl das letzte Mal die Haare gewaschen? Wahrscheinlich hatte er sie sich noch nie gewaschen! Also wirklich, großartig! Mit ziemlicher Sicherheit hatte der Koch
Läuse. Doch davon allein gingen einem noch nicht die
Haare aus. Was konnte dann die Ursache dafür sein, daß
jenes Haar des Kochs an diesem Morgen auf mein pochiertes Ei gefallen war, als er das Ei aus der Pfanne auf den
Teller beförderte? Für alles gibt es einen Grund, und in

diesem Fall war der Grund klar. Der Koch hatte an der Kopfhaut eine eitrige seborrhoische Impetigo. Und das Haar selbst, das lange schwarze Haar, das ich, wäre ich weniger aufmerksam gewesen, um ein Haar verspeist hätte, wimmelte folglich von Millionen und Abermillionen quicklebendiger pathogener Kokken, deren genauen wissenschaftlichen Namen ich glücklicherweise vergessen habe.

Kann ich denn, so werden Sie fragen, wirklich mit absoluter Sicherheit sagen, daß der Koch eine eitrige seborrhoische Impetigo hatte? Nun, mit absoluter Sicherheit – nein. Aber wenn es keine Impetigo war, dann hatte er bestimmt Kopfgrind. Und was hieß das? Ich wußte nur zu gut, was das hieß. Es hieß, daß zehn Millionen Mikrosporen an jenem schrecklichen Haar geklebt und nur darauf gewartet hatten, in meinen Mund zu gelangen.

Mir wurde speiübel.

«Das Wasser kocht», sagte der Ladenbesitzer triumphierend.

«Lassen Sie es nur kochen», sagte ich zu ihm. «Lassen Sie es noch acht Minuten kochen. Oder wollen Sie vielleicht, daß ich mir den Typhus hole?»

An und für sich trinke ich, wenn ich es irgend umgehen kann, nie Wasser, auch wenn es noch so sauber ist. Pures Wasser schmeckt nach nichts. Natürlich verwende ich es für Tee oder Kaffee, aber selbst da nehme ich nach Möglichkeit Vichy- oder Malvern-Wasser. Ich meide Leitungswasser. Leitungswasser ist ein verteufeltes Zeug. Und oft ist es nicht mehr oder weniger als geklärte Jauche.

«Bald ist Ihr Wasser verkocht», sagte der Ladenbesitzer
und zeigte mir grinsend seine grünlichen Zähne.

Ich nahm den Kessel selbst vom Kocher und goß den
Inhalt in meinen Kanister.

Vorn im Laden kaufte ich noch sechs Orangen, eine
kleine Wassermelone und eine Tafel gut verpackter engli-
scher Schokolade. Dann stieg ich wieder in meinen Lagonda. Endlich konnte ich aufbrechen.

Wenige Minuten später überquerte ich die Schiebebrük-
ke, die unmittelbar oberhalb des Timsahsees über den
Suezkanal führt, und vor mir lag die endlose glühende
Wüste. Die schmale Straße dehnte sich wie ein langes
schwarzes Band bis hin zum fernen Horizont. Ich machte
es mir in meinem Lagonda bequem und fuhr bei weit
geöffneten Fenstern wie gewöhnlich mit einer gleichmäßi-
gen Geschwindigkeit von etwa 100 Stundenkilometern.
Der Luftzug, der von draußen hereindrang, war heiß wie
der Gluthauch eines Ofens. Es war inzwischen fast 12 Uhr,
und die Sonne brannte senkrecht auf das Wagendach herunter. Mein Wagenthermometer registrierte 40 Grad.
Aber Hitze macht mir, wie Sie wissen, nicht viel aus,
solange ich mich nicht bewegen muß und entsprechende
Kleidung trage – in diesem Fall eine crèmefarbene Leinen-
hose, ein weißes Hemd aus durchlässigem Stoff und dazu
einen Schlips aus Spinnenseide in einem prächtigen Moos-
grün. Ich fühlte mich rundherum wohl und war mit der
Welt zufrieden.

Einen Augenblick lang spielte ich mit dem Gedanken,
unterwegs wieder eine Oper zu singen – mir war nach *La*

Gioconda zumute –, und ich fing auch schon an, doch nach den ersten paar Takten des Eröffnungschores begann ich leicht zu transpirieren, und so ließ ich denn die Vorhänge des Wagens herunter und steckte mir eine Zigarette an.

Ich fuhr jetzt durch das schönste Skorpionen-Land der Welt, und ich brannte darauf, anzuhalten und auf Suche zu gehen, noch ehe ich Bir Rawd Salim und damit die auf halbem Wege gelegene Tankstelle erreicht hatte. Bisher war mir nicht ein einziges Fahrzeug begegnet, und ich hatte kein Lebewesen mehr gesehen, seit ich vor einer guten Stunde Ismailia verlassen hatte. Das gefiel mir. Die Halbinsel Sinai war eine echte Wüste. Ich fuhr an den Straßenrand und stellte den Motor ab. Da ich durstig war, aß ich eine Orange. Dann stülpte ich mir meinen weißen Tropenhelm auf den Kopf, wagte mich langsam aus dem Wagen, meinem komfortablen Einsiedlerkrebsgehäuse, hervor und trat ins Sonnenlicht. Eine gute Minute lang stand ich regungslos mitten auf der Straße und blinzelte in dem grellen Licht, das mich umgab.

Eine sengende Sonne, ein weiter, heißer Himmel, und darunter, wohin man blickte, das riesige gelbe Sandmeer, das nicht von dieser Welt schien. In der Ferne, südlich der Straße, sah man kahle blaßbraune terrakottafarbene Berge, über denen ein blauer und purpurroter Schimmer lag. Sie schienen plötzlich aus der Wüste hervorzuwachsen und schwanden in dem Hitzeflimmern unter dem glühenden Himmel wieder dahin. Die Stille war überwältigend. Kein Laut war zu hören, weder das Singen eines Vogels noch das

Summen eines Insekts, und mich überkam ein seltsames, göttergleiches Gefühl, als ich dort allein inmitten dieser großartigen heißen, unmenschlichen Landschaft stand. Es war, als befände ich mich auf einem anderen Planeten, auf dem Jupiter oder dem Mars oder an einem noch ferneren und noch trostloseren Ort, wo nie ein Grashalm wuchs und wo sich nie Wolken rötlich färbten.

Ich öffnete den Kofferraum meines Wagens und nahm meine Beutetrommel, mein Netz und meine kleine Handschaufel heraus. Dann verließ ich die Straße und betrat den weichen brennenden Sand. Ich schritt langsam etwa hundert Meter in die Wüste hinein und ließ forschend meinen Blick über den Boden gleiten. Ich suchte nicht nach Skorpionen, sondern nach Skorpionnestern. Der Skorpion ist ein kryptozoisches, sich nur zur Nachtzeit zeigendes Tier. Den ganzen Tag über hält er sich entweder unter einem Stein oder in einem Erdloch verborgen – je nachdem, zu welcher Art er gehört. Erst nach Sonnenuntergang kommt er hervor, um nach Nahrung zu jagen.

Da ich es auf einen Opisthophthalmus abgesehen hatte, der sich in Erdlöchern zu verbergen pflegt, verschwendete ich keine Zeit damit, Steine umzudrehen. Ich suchte nur nach Erdlöchern. Nach zehn oder fünfzehn Minuten hatte ich noch immer keines gefunden. Aber da die Hitze mir bereits zuviel wurde, beschloß ich widerwillig, zu meinem Wagen zurückzukehren. Ich ging sehr langsam, noch immer den Boden absuchend, und ich hatte schon die Straße erreicht und wollte eben den Fuß darauf setzen, als ich plötzlich, keine dreißig Zentimeter von dem Teerzementstreifen entfernt, die Sandhöhle eines Skorpions entdeckte.

Ich legte meine Beutetrommel und das Netz neben mir auf den Boden und machte mich daran, mit meiner kleinen Schaufel ganz vorsichtig den Sand rings um das Höhlenloch wegzuschaben. Dies war eine Prozedur, die mich immer wieder aufs neue faszinierte. Es war wie bei einer Schatzsuche – einer Schatzsuche, die eben das Maß an Gefahren barg, das einem das Blut in Wallung brachte. Ich spürte, wie mir das Herz bis zum Hals schlug, als ich mit meiner kleinen Schaufel tiefer und tiefer in den Sand eindrang.

Und plötzlich . . . da war sie!

Oh, gütiger Himmel, was für ein Mordsexemplar! Ein riesiges Skorpionweibchen, zwar nicht ein Opisthophthalmus, wie ich sofort sah, dafür aber ein Pandinus, der andere große afrikanische Höhlenbohrer. Und auf seinem Rücken hingen – das war zu schön, um wahr zu sein! – eins, zwei, drei, vier, fünf . . . insgesamt vierzehn winzige Babies. Die Mutter war mindestens fünfzehn Zentimeter lang. Ihre Kinder hatten die Größe kleiner Revolverkugeln. Jetzt hatte sie mich gesehen – das erste menschliche Wesen, das sie je in ihrem Leben erblickt hatte. Sie hatte ihre Scheren weit geöffnet, und ihr Schwanz war – wie ein Fragezeichen – hoch über dem Rücken erhoben, bereit zuzustechen. Ich nahm das Netz, schob es geschwind unter sie und fing sie ein. Sie wand und krümmte sich und schlug mit dem Schwanzende wild nach allen Seiten um sich. Ich sah, wie ein großer, dicker Gifttropfen durch die

Maschen meines Netzes in den Sand fiel. Rasch beförderte ich sie mitsamt ihrer Brut in meine Beutetrommel und verschloß den Deckel. Dann holte ich die Flasche mit Äther aus dem Wagen und goß davon reichlich durch die kleine Gazeöffnung im Deckel der Trommel, bis die Watte innen gut durchtränkt war.

Wie prächtig würde sich dieses Weibchen in meiner Sammlung ausnehmen! Die Jungen würden natürlich, sobald sie starben, von ihr herabfallen, aber ich gedachte sie später mit Klebstoff wieder an den mehr oder weniger richtigen Stellen zu befestigen, und dann würde ich der stolze Besitzer eines riesigen Pandinus-Weibchens mit vierzehn Sprößlingen auf dem Rücken sein! Ich war entzückt. Ich nahm die Beutetrommel (ich spürte, wie das Weibchen drinnen tobte) und legte sie zusammen mit dem Netz und der kleinen Schaufel in den Kofferraum. Dann nahm ich wieder am Lenkrand Platz, steckte mir eine Zigarette an und fuhr weiter.

Je zufriedener ich bin, um so langsamer fahre ich. Ich fuhr jetzt sehr langsam, und ich muß wohl noch gut eine weitere Stunde gebraucht haben, bis ich Bir Rawd Salim erreichte, das auf halber Strecke lag. Es war alles andere als ein verlockender Ort. Links gab es nur eine einzige Zapfsäule und eine Holzbude. Rechts drei weitere Buden, jede von der Größe eines Gartenschuppens. Der Rest war Wüste. Keine Menschenseele war zu erblicken. Es war zwanzig Minuten vor zwei Uhr nachmittags. Die Temperatur im Wagen betrug 41 Grad.

Über dem Unsinn mit dem abgekochten Wasser vor der

Abfahrt aus Ismailia hatte ich völlig vergessen, noch zu tanken. Jetzt zeigte meine Benzinuhr weniger als zehn Liter an. Ich hätte sparsam fahren können – aber trotzdem. Ich hielt neben der Zapfsäule an und wartete. Niemand erschien. Ich drückte auf die Mehrklanghupe, und die vier abgestimmten Hörner des Lagonda tönten ihr herrliches *«Son già mille e tre!»* über die Wüste hin. Niemand erschien. Ich drückte noch einmal auf die Hupe.

schmetterten die Hörner. Das Mozartmotiv klang prächtig in dieser Umgebung. Doch es erschien immer noch niemand. Die Einwohner von Bir Rawd Salim scherten sich offensichtlich einen Dreck um meinen Freund Don Giovanni und die 1003 Frauen, die er in Spanien entjungfert hatte.

Schließlich, nachdem ich das Mehrklanghorn nicht weniger als sechsmal hatte ertönen lassen, öffnete sich die Tür der Bude hinter der Zapfsäule, und ein ziemlich großer Mann zeigte sich. Er blieb auf der Schwelle stehen und knöpfte sich mit beiden Händen die Hose zu. Er ließ sich dabei Zeit, und erst als er fertig war, blickte er auf zu meinem Lagonda. Durch das offene Fenster erwiderte ich seinen Blick. Ich sah, wie er den ersten Schritt in meine

Richtung tat . . . sehr, sehr langsam . . . Dann machte er einen zweiten Schritt . . .

Mein Gott! dachte ich sofort. Den haben die Spirochäten erwischt! Er hatte den trägen, wackligen Gang, den schlenkernden, stelzenden Schritt eines Mannes mit lokomotorischer Ataxie. Bei jedem Schritt hob er das Knie vor sich hoch in die Luft und setzte dann den Fuß heftig wieder auf den Boden, als wolle er ein gefährliches Insekt zertreten.

Ich dachte: Es wäre besser, hier zu verschwinden. Es wäre besser, den Motor anzulassen und so schnell wie möglich hier abzuhauen, bevor er mich erreicht. Aber ich wußte, daß ich das nicht konnte. Ich *mußte* Benzin haben. Ich saß im Wagen und starrte auf diese Schreckensgestalt, die mühsam über den Sand herangestapft kam. Er mußte die ekelhafte Krankheit schon Jahre und jahrelang haben, sonst hätte sie sich nicht zur Ataxie entwickelt. *Tabes dorsalis* nennt man das in Fachkreisen. Pathologisch bedeutet diese Bezeichnung, daß das Opfer an einer Degeneration des Rückenmarks im unteren Teil der Wirbelsäule leidet. Doch, oh, meine Freunde, und ach, meine Feinde, in Wirklichkeit ist es viel schlimmer als das: es ist ein schleichender und unerbittlicher Verfall der entscheidenden Nervenfasern des Körpers, hervorgerufen durch die Gifte der Syphilis.

Der Mann – der Araber, wie ich ihn nennen werde – blieb genau neben der Wagentür auf meiner Seite stehen und glotzte durch das Fenster. Ich lehnte mich etwas zur anderen Seite hin und betete, daß er bloß nicht noch einen

Millimeter näher kommen möge. Zweifellos war er einer der lädiertesten Menschen, die ich je gesehen habe. Sein Gesicht glich einer zernagten und von Würmern zerfressenen alten Holzschnitzerei. Bei diesem Anblick fragte ich mich, an wie vielen anderen Krankheiten außer der Syphilis der Mann wohl noch leiden mochte.

«Salaam», murmelte er.

«Machen Sie den Tank voll», wies ich ihn an.

Er rührte sich nicht. Mit großem Interesse inspizierte er das Innere des Lagonda. Ein fürchterlicher Kloakengeruch wehte von ihm herüber.

«Los!» sagte ich scharf. «Ich möchte Benzin haben!»

Er sah mich an und grinste. Es war mehr eine hämische Grimasse als ein Lächeln, ein unverschämtes, spöttisches Grinsen, das zu sagen schien: «Ich bin der König der Zapfsäule von Bir Rawd Salim! Rühr mich an, wenn du es wagst!» In einem seiner Augenwinkel hatte sich eine Fliege niedergelassen. Er machte keinen Versuch, sie zu verjagen.

«Sie möchten Benzin?» fragte er herausfordernd.

Ich war nahe daran, ausfallend zu werden, beherrschte mich aber gerade noch rechtzeitig und antwortete höflich: «Ja, bitte, ich wäre Ihnen sehr dankbar.»

Ein paar Sekunden lang beobachtete er mich verschlagen, um sicherzugehen, daß ich mich nicht über ihn lustig machte. Dann nickte er, als sei er jetzt mit meinem Benehmen zufrieden. Er wandte sich ab und begab sich langsam zum hinteren Ende des Wagens. Ich langte nach meiner Flasche Glenmorangie-Whisky im Türfach, schenkte mir einen kräftigen Schluck ein und trank langsam. Das Gesicht dieses Mannes war weniger als einen Meter von meinem entfernt gewesen. Sein stinkender Atem war in den Wagen geströmt . . . und wer weiß, wie viele Billionen fliegender Viren mit ihm hineingeströmt waren? Bei solchen Gelegenheiten ist es eine feine Sache, sich Mund und Kehle mit einem Tropfen Whisky von den Highlands zu sterilisieren. Außerdem ist der Whisky ein Trost. Ich leerte das Glas und schenkte mir noch eines ein. Bald fühlte ich mich nicht mehr so beunruhigt. Mein Blick fiel auf die Wassermelone, die neben mir auf dem Sitz lag. Eine Scheibe davon würde jetzt sehr erfrischend sein. Ich nahm mein Messer aus dem Futteral und schnitt ein dickes Stück heraus. Dann holte ich mit der Messerspitze sorgfältig alle schwarzen Kerne hervor, die ich säuberlich in den Rest der Melone fallen ließ.

Ich saß da, trank den Whisky und aß die Melone. Beides war köstlich.

«Benzin ist fertig», sagte der gräßliche Araber und erschien wieder am Fenster. «Ich sehe jetzt Wasser nach und Öl.»

Mir wäre es lieber gewesen, wenn er seine Hände vom Lagonda gelassen hätte, aber um keinen Streit zu riskieren, schwieg ich. Er ging schwerfällig zum vorderen Ende des Autos und sah dabei ungefähr so aus wie ein betrunkener SA-Mann, der im Zeitlupentempo im Stechschritt zu marschieren versucht.

Tabes dorsalis, so wahr ich lebe!

Die einzige andere Krankheit, die diesen eigenartigen

Stelzschritt hervorruft, ist chronische Beriberi. Na gut – wahrscheinlich hatte er die auch noch. Ich schnitt mir noch ein Stück von der Wassermelone ab und konzentrierte mich eine Minute lang darauf, die Kerne mit dem Messer herauszupolken. Als ich wieder aufblickte, sah ich, daß der Araber die Kühlerhaube auf der rechten Seite geöffnet hatte und sich über den Motor beugte. Kopf und Schultern waren außer Sicht, Hände und Arme ebenfalls. Was um alles in der Welt tat dieser Mensch da nur? Der Prüfstab für das Öl lag auf der anderen Seite. Ich klopfte gegen die Windschutzscheibe. Er schien es nicht zu hören. Ich steckte den Kopf aus dem Fenster und rief: «He! Kommen Sie mal wieder zum Vorschein!»

Langsam richtete er sich auf, und als er seinen rechten Arm aus den Eingeweiden des Motors zog, sah ich, daß er in seinen Fingern etwas hielt, das lang und schwarz und gewunden und sehr dünn war.

Guter Gott! dachte ich. Er hat da drinnen eine Schlange gefunden! Er kam herum zum Fenster, grinste mir entgegen und streckte mir das Ding hin. Erst jetzt, als ich es näher betrachtete, erkannte ich, daß es mitnichten eine Schlange war – *es war der Keilriemen meines Lagonda!*

Die schlimmsten Visionen überfielen mich bei dem Gedanken, hier, an diesem entlegenen Ort und bei diesem widerwärtigen Mann, festgehalten zu sein. Ich saß da und starrte stumpf auf meinen gerissenen Keilriemen.

«Sie sehen», sagte der Araber, «er hing nur noch an einem Faden. Ein Glück, daß ich es gemerkt habe.»

Ich nahm ihm den Riemen aus der Hand und untersuchte ihn eingehend. «Sie haben ihn durchgeschnitten!» schrie ich.

«Durchgeschnitten?» antwortete er sanft. «Warum hätte ich ihn durchschneiden sollen?»

Um ganz ehrlich zu sein, ich konnte gar nicht beurteilen, ob er ihn durchgeschnitten hatte oder nicht. Wenn ja, dann hatte er sich auch die Mühe gemacht, die gekappten Enden mit irgendeinem Instrument so zu zerfasern, daß es so aussah wie ein gewöhnlicher Riß. Trotzdem war ich überzeugt, daß er ihn durchgeschnitten *hatte*. Und wenn das der Fall war, konnte ich mir die Folgen gar nicht finster genug ausmalen.

«Ich nehme an, es ist Ihnen klar, daß ich nicht ohne Keilriemen weiterfahren kann?» sagte ich.

Er grinste wieder mit seinem fürchterlich verstümmelten Mund und zeigte dabei einen Gaumen voller Geschwüre. «Wenn Sie jetzt weiterfahren», sagte er, ‹wird Ihr Motor in drei Minuten kochen.»

«Was schlagen Sie also vor?»

«Ich werde Ihnen einen neuen Keilriemen besorgen.»

«Wirklich?»

«Natürlich. Hier gibt's ein Telefon, und wenn Sie das Gespräch bezahlen, rufe ich in Ismailia an. Und wenn sie in Ismailia keinen haben, rufe ich in Kairo an. Kein Problem.»

«Kein Problem!» schrie ich und stieg aus dem Wagen. «Und wann, bitte sehr, wird der Keilriemen in dieser gottverlassenen Einöde eintreffen?»

«Es gibt ein Postauto, das kommt jeden Morgen gegen

zehn durch. Sie würden ihn morgen haben.»

Der Mann hatte auf alles eine Antwort. Er brauchte dabei nicht einmal nachzudenken, ehe er antwortete.

Dieses Schwein! dachte ich. Der hat bestimmt nicht das erste Mal einen Keilriemen durchgeschnitten.

Ich war jetzt sehr auf der Hut und beobachtete ihn genau.

«Für einen Wagen dieses Typs werden sie in Ismailia kaum einen Keilriemen haben», sagte ich. «Man muß ihn von der Vertretung in Kairo kommen lassen. Ich werde selbst dort anrufen.» Daß es ein Telefon gab, beruhigte mich etwas. Die Telefonmasten waren der Straße die ganze Strecke durch die Wüste gefolgt, und ich konnte die beiden Drähte sehen, die vom nächstgelegenen Mast in die Bude führten. «Ich werde die Vertretung in Kairo bitten, daß man sofort jemanden herschickt», sagte ich.

Der Araber blickte die Straße entlang in Richtung des etwa 320 Kilometer entfernten Kairo. «Wer wird schon sechs Stunden hierher und sechs Stunden wieder zurückfahren, nur um einen Keilriemen zu bringen?» meinte er. «Mit der Post geht's genauso schnell.»

«Zeigen Sie mir das Telefon», sagte ich und ging auf die Hütte zu. Dann kam mir ein ekelhafter Gedanke, und ich blieb stehen.

Ich konnte doch unmöglich das verseuchte Telefon dieses Menschen benutzen!? Ich müßte die Hörmuschel an mein Ohr pressen, und die Sprechmuschel würde mit ziemlicher Sicherheit meinen Mund berühren. Und was gab ich schon darauf, daß die Ärzte behaupteten, es sei unmöglich, sich bei Sekundärkontakten die Syphilis zu holen. Eine syphilitische Sprechmuschel ist und bleibt eine syphilitische Sprechmuschel, und niemand würde *mich* je dazu bringen, sie auch nur in die Nähe *meiner* Lippen zu bringen. Vielen Dank. Nicht einmal betreten würde ich seine Hütte.

Ich stand in der flimmernden Nachmittagshitze und betrachtete den Araber mit seinem gräßlich entstellten Gesicht, und der Araber erwiderte meinen Blick so kühl und ungerührt, wie man es sich nur vorstellen kann.

«Sie möchten selbst telefonieren?» fragte er.

«Nein», sagte ich. «Können Sie englisch lesen?»

«Oh, ja.»

«Sehr gut. Ich werde Ihnen den Namen der Vertretung und die Marke dieses Wagens aufschreiben, und auch meinen Namen. Man kennt mich dort. Sie erzählen den Leuten in Kairo dann, was ich brauche. Und hören Sie . . . sagen Sie ihnen, sie sollen sofort auf meine Kosten einen Wagen losschicken. Ich komme für alle Unkosten auf. Und wenn sie es nicht tun wollen, dann sagen Sie ihnen, sie *müssen* den Keilriemen unbedingt rechtzeitig nach Ismailia schaffen, damit sie das Postauto noch erreichen. Verstehen Sie?»

«Kein Problem», sagte der Araber.

Also schrieb ich alles Nötige auf ein Blatt Papier und gab es ihm. Er ging mit seinen langsamen Stampfschritten zur Bude und verschwand darin. Ich schloß die Kühlerhaube des Wagens. Dann stieg ich wieder ein, setzte mich hinter das Steuer und dachte nach.

Ich goß mir noch einen Whisky ein und steckte mir eine

Zigarette an. Es mußte doch *irgendwelchen* Verkehr auf dieser Straße geben. *Irgend* jemand würde doch sicher vor Einbruch der Nacht hier vorbeikommen. Aber würde mir das etwas nützen? Nein – wenn ich nicht bereit war, per Anhalter zu fahren und den Lagonda und mein ganzes Gepäck der gnädigen Obhut dieses Arabers zu überlassen! Und war ich *dazu* bereit? Ich wußte es nicht. Wahrscheinlich ja. Aber falls ich gezwungen war, die Nacht über dazubleiben, würde ich mich im Auto einschließen und versuchen, so lange wie möglich wachzubleiben. Auf keinen Fall würde ich auch nur einen Fuß in den Schuppen setzen, in dem diese Kreatur hauste. Erst recht nicht würde ich sein Essen anrühren. Ich hatte Whisky und Wasser, eine halbe Wassermelone und eine Tafel Schokolade. Das reichte.

Die Hitze war ziemlich schlimm. Das Thermometer im Wagen zeigte immer noch gut 40 Grad. Draußen in der Sonne war es noch heißer. Der Schweiß floß mir in Strömen. Mein Gott, ausgerechnet hier eine Panne! Und ausgerechnet diese Gesellschaft!

Etwa nach einer Viertelstunde kam der Araber wieder aus der Hütte. Ich beobachtete jeden seiner Schritte.

«Ich habe mit der Werkstatt in Kairo gesprochen», sagte er und schob sein Gesicht durch das Wagenfenster. «Keilriemen kommt morgen mit dem Postauto. Alles geregelt.»

«Haben Sie gefragt, ob man nicht sofort jemanden schicken kann?»

«Sie sagten, unmöglich», antwortete er.

«Haben Sie auch bestimmt gefragt?»

Er neigte den Kopf zur Seite und bedachte mich wieder mit diesem verschlagenen, unverschämten Grinsen. Ich wandte mich ab und wartete, daß er ging. Er blieb stehen, wo er war. «Wir haben Gästehaus», sagte er. «Sie können da schlafen sehr gut. Meine Frau wird Essen machen, aber Sie müssen bezahlen.»

«Wer ist außer Ihnen und Ihrer Frau noch hier?»

«Noch ein Mann», sagte er und wies mit einer Handbewegung in Richtung der drei Buden auf der anderen Straßenseite. Ich drehte mich um und sah in der Türöffnung der mittleren Baracke einen Mann stehen, einen kleinen, dicken Mann, der schmutzige Khakihosen und ein schmutziges Hemd anhatte. Er stand völlig bewegungslos im Schatten der Türöffnung, seine Arme hingen baumelnd herab. Er blickte zu mir herüber.

«Wer ist das?» fragte ich.

«Saleh.»

«Was macht er hier?»

«Er hilft.»

«Ich werde im Wagen schlafen», sagte ich. «Und es ist nicht nötig, daß Ihre Frau mir Essen macht. Ich habe selbst etwas.» Der Araber zuckte mit den Schultern, wandte sich ab und ging wieder auf den Schuppen mit dem Telefon zu. Ich blieb im Wagen. Was konnte ich sonst tun? Es war kurz nach halb drei. In drei oder vier Stunden würde es anfangen, ein bißchen kühler zu werden. Dann konnte ich mich ein bißchen umsehen, ob ich vielleicht ein paar Skorpione aufspürte. Bis dahin mußte ich mich mit allem abfinden. Ich langte in den Fond des Wagens, wo ich meine Bücherkiste stehen hatte, und nahm ohne hinzusehen das erste heraus, das mir unter die Finger kam. Die Kiste enthielt dreißig oder vierzig der besten Bücher der Welt, und man konnte jedes davon hundertmal lesen. Sie wurden bei jedem Lesen nur besser. Welches ich ergriff, war Nebensache. Es stellte sich heraus, daß es die *Naturgeschichte von Selborne* war. Ich schlug es aufs Geratewohl auf.

«... Wir hatten in diesem Dorf vor mehr als zwanzig Jahren einen schwachsinnigen Jungen, an den ich mich noch gut erinnere. Von Kind auf fühlte er sich stark zu Bienen hingezogen. Er ernährte sich von ihnen, er beschäftigte sich mit ihnen – sie waren der einzige Gegenstand seines Interesses. Und so wie viele Menschen dieser Art selten mehr als einen Gesichtspunkt kennen, so widmete dieser Knabe alle seine geringen Fähigkeiten diesem einen Gegenstand. Im Winter verschlief er seine Zeit in seines Vaters Haus am Kamin in einem Zustand der Betäubung, und nur selten kam er hinter dem Kamin hervor. Im Sommer aber ging er auf den Feldern und an den sonnenbeschienenen Ufern des Flusses um so lebhafter seiner Lieblingsbeschäftigung nach. Honigbienen, Hummeln, Wespen waren seine Beute, wo immer er sie fand. Er hatte keinerlei Angst vor ihren Stichen, sondern ergriff sie einfach *nudis manibus*, beraubte sie ihrer Waffen und sog ihre Körper aus, der Honigsäckchen wegen. Manchmal verwahrte er eine Anzahl dieser Gefangenen zwischen Hemd und Haut, manchmal sperrte er sie in Flaschen. Er war ein

richtiger *Merops apiaster* oder Bienenvogel und eine Plage
für alle, die Bienen hielten; denn er schlich sich in ihre
Bienengärten, hockte sich vor die Bienenhäuschen, klopfte
mit den Fingern an die Bienenkörbe und griff sich die
Bienen, wie sie herauskamen. Es war allgemein bekannt,
daß er um des Honigs willen, den er so leidenschaftlich
begehrte, ganze Bienenkörbe umstieß. Wo Met bereitet
wurde, strich er um die Wannen und Kessel herum und
bettelte um einen Schluck Bienenwein, wie er zu sagen
pflegte. Und wenn er herumlief, pflegte er mit den Lippen
ein summendes Geräusch zu machen, das ganz dem Surren
der Bienen glich . . .»

Ich blickte von meinem Buch auf und sah mich um. Der
regungslose Mann auf der anderen Straßenseite war verschwunden. Es war niemand mehr zu sehen. Das Schweigen war unheimlich, und die Stille, die Totenstille, und die
Trostlosigkeit der Umgebung hatten etwas Beklemmen-
des. Ich wußte, daß ich beobachtet wurde. Ich wußte, daß
jede kleine Bewegung, die ich machte, daß jeder Schluck,
den ich von meinem Whisky trank, daß jeder Zug an
meiner Zigarette aufmerksam zur Kenntnis genommen
wurde. Ich hasse Gewalttätigkeit und trage nie eine
Waffe bei mir. Aber jetzt hätte ich eine brauchen können. Einen Moment spielte ich mit dem Gedanken, den
Motor anzulassen und die Straße weiter hinunterzufah-
ren, bis der Motor kochte. Aber wie weit wäre ich schon
gekommen? Bei dieser Hitze und ohne Kühlung ganz
bestimmt nicht sehr weit. Einen Kilometer vielleicht, allenfalls zwei . . .

Nein – hol's der Teufel, dachte ich. Ich würde bleiben, wo ich war, und mein Buch lesen.

Es muß ungefähr eine Stunde später gewesen sein, als ich einen kleinen dunklen Fleck bemerkte, der sich in großer Entfernung auf der Straße aus Richtung Jerusalem auf mich zubewegte. Ich legte das Buch zur Seite, ohne den Fleck aus den Augen zu lassen. Ich sah, wie er größer und größer wurde. Ein Wagen offenbar, der mit großer Geschwindigkeit fuhr, mit wirklich erstaunlich hoher Geschwindigkeit. Ich stieg aus dem Lagonda, eilte an den Straßenrand und blieb dort stehen, bereit, dem Fahrer ein Halt-Signal zu geben.

Der Wagen kam näher und näher, und als er noch knapp einen Kilometer entfernt war, verlangsamte er sein Tempo. Plötzlich erkannte ich die Form des Kühlers. Es war ein *Rolls-Royce*! Ich hob den Arm, und der große grüne Wagen, an dessen Steuer ein Mann saß, bog von der Straße ab und hielt neben meinem Lagonda an.

Ich war außer mir vor Freude. Wäre es ein Ford oder ein Morris gewesen, hätte mich das auch schon gefreut, aber ich wäre nicht so völlig außer mir gewesen. Die Tatsache, daß es ein Rolls war – ebensogut hätte es ein Bentley getan, oder ein Isotta, oder ein anderer Lagonda –, war gewissermaßen die absolute Garantie dafür, daß ich alle erforderliche Hilfe bekommen würde. Vielleicht wissen Sie es nicht, aber unter den Leuten, die ein sehr teures Automobil besitzen, besteht so etwas wie eine enge Brüderschaft. Sie respektieren sich automatisch, und der Grund, weshalb sie sich respektieren, liegt ganz einfach darin, daß Reichtum stets Reichtum respektiert. Tatsache ist, daß es niemanden auf der Welt gibt, den ein sehr reicher Mensch mehr respektiert als einen anderen sehr reichen Menschen – weshalb sie einander ständig suchen, wohin sie auch reisen. Sie benutzen alle möglichen Erkennungssignale. Bei den Frauen ist das Tragen großer Juwelen vielleicht das am stärksten verbreitete Erkennungszeichen. Aber auch das teure Automobil gilt als ein solches, und zwar bei beiden Geschlechtern. Es ist ein reisendes Plakat, eine öffentliche Deklaration des Überflusses, und als solche ist es zugleich eine Mitgliedskarte für jenen exklusiven, inoffiziellen Klub der «Gewerkschaft der Sehr-Reichen-Leute». Ich selbst bin schon seit langer Zeit Mitglied und hoch erfreut darüber. Wenn ich einem anderen Mitglied begegne, wie es nun gleich der Fall sein würde, spüre ich sofort einen Funken überspringen: ich respektiere den anderen. Wir sprechen die gleiche Sprache. Er ist einer von *uns*. Ich hatte also guten Grund, außer mir vor Freude zu sein.

Der Fahrer des Rolls-Royce stieg aus und kam auf mich zu. Es war ein kleiner dunkelhaariger Mann mit olivfarbener Haut, und er trug einen makellosen weißen Leinenanzug. Wahrscheinlich ein Syrer, dachte ich. Vielleicht aber auch ein Grieche. In der Hitze dieses Tages wirkte er so kühl und frisch wie nur denkbar.

«Guten Tag», sagte er. «Haben Sie Ärger?»

Ich begrüßte ihn. Dann erzählte ich ihm nach und nach alles, was passiert war.

«Mein lieber Freund», sagte er in perfektem Englisch.

«Aber mein *lieber Freund*, wie überaus betrüblich. Welch ein schreckliches Mißgeschick. Das ist hier wirklich kein Ort, wo man sich gern festgehalten sieht.»

«Nein, nicht wahr?»

«Und Sie sagen, ein neuer Keilriemen ist ganz bestimmt unterwegs hierher?»

«Ja», antwortete ich, «wenn man sich auf den Besitzer dieses Etablissements verlassen kann.»

Der Araber, der aus seinem Schuppen herausgetreten war, noch ehe der Rolls-Royce zum Stehen gekommen war, gesellte sich nun zu uns, und der Fremde verhörte ihn schnell auf arabisch über die Schritte, die er für mich unternommen hatte. Ich hatte den Eindruck, die beiden kannten sich recht gut, und es war eindeutig, daß der Araber vor dem Neuankömmling in Ehrfurcht erstarrte. Er kroch in seiner Gegenwart sozusagen am Boden.

«Also . . . das scheint in Ordnung zu sein», sagte der Fremde schließlich und wandte sich wieder mir zu. «Aber offenkundig kommen Sie hier vor morgen früh nicht weg. Wohin wollten Sie?»

«Nach Jerusalem», sagte ich. «Und der Gedanke, die Nacht an diesem verdammten Ort hier zu verbringen, ist mir nicht eben angenehm.»

«Das will ich meinen, mein lieber Herr. Das stelle ich mir in der Tat äußerst unbehaglich vor.» Er lächelte mir zu. Seine Zähne waren ungewöhnlich weiß. Dann nahm er ein Etui heraus und bot mir eine Zigarette an. Das Etui war aus Gold, und die beiden Außenseiten schmückten zwei diagonal verlaufende grüne Jadestreifen. Wirklich, ein wunderschöner Gegenstand. Ich akzeptierte die Zigarette, und er gab mir Feuer. Dann steckte er sich selbst eine an.

Der Fremde machte einen langen, tiefen Zug. Dann legte er den Kopf nach hinten und blies den Rauch nach oben in die Sonne. «Wir werden beide einen Hitzschlag bekommen, wenn wir hier noch lange herumstehen», sagte er. «Erlauben Sie, daß ich einen Vorschlag mache?»

«Aber selbstverständlich.»

«Ich hoffe wirklich, Sie werden ihn nicht vermessen finden, da er von einem völlig Fremden kommt . . .»

«Aber ich bitte Sie . . .»

«Sie können hier nicht gut bleiben, und deshalb würde ich vorschlagen, daß Sie mit zurückkommen und die Nacht als Gast in meinem Haus verbringen.»

Da! Der Rolls-Royce lächelte meinem Lagonda zu – lächelte ihm zu, wie er niemals einem Ford oder einem Morris zugelächelt hätte!

«Sie meinen, in Ismailia?» fragte ich.

«Nein, nein», antwortete er lachend. «Ich wohne sozusagen um die Ecke, dort drüben.» Er deutete mit der Hand in die Richtung, aus der er gekommen war.

«Aber Sie wollten doch bestimmt nach Ismailia? Ich möchte nicht, daß Sie meinetwegen Ihre Pläne ändern.»

«Ich wollte ganz und gar nicht nach Ismailia», sagte er. «Ich bin hierher gekommen, um die Post zu holen. Mein Haus – das überrascht Sie vielleicht – ist hier ganz in der

Nähe. Sehen Sie den Berg dort? Das ist der Maghara. Ich wohne unmittelbar dahinter.»

Ich blickte zu dem Berg hinüber. Er lag ungefähr fünfzehn Kilometer nördlich, eine gelbe Felsmasse, vielleicht siebenhundert Meter hoch.

«Ist das Ihr Ernst? Sie haben mitten in dieser . . . dieser Einöde ein Haus?» fragte ich.

«Sie glauben mir nicht?» meinte er lächelnd.

«Selbstverständlich glaube ich Ihnen», antwortete ich. «Mich überrascht nichts mehr. Außer vielleicht», und hier erwiderte ich sein Lächeln, «außer, daß ich mitten in der Wüste einen Fremden treffe, und er behandelt mich wie einen Bruder. Ich bin überwältigt von Ihrem Angebot.»

«Unsinn, mein lieber Freund. Meine Motive sind durchaus egoistisch. Zivilisierte Gesellschaft kann man in dieser Gegend nicht so ohne weiteres haben. Ich bin entzückt bei dem Gedanken, einen Gast zum Dinner zu haben. Erlauben Sie, daß ich mich vorstelle – Abdul Aziz.» Er machte eine schnelle kleine Verbeugung.

«Oswald Cornelius», sagte ich. «Es ist mir ein Vergnügen.» Wir schüttelten uns die Hand.

«Ich lebe sonst in Beirut», sagte er.

«Ich lebe in Paris.»

«Wundervoll. Und nun – wollen wir los? Sind Sie bereit?»

«Aber mein Wagen», sagte ich. «Kann ich ihn hier wohl beruhigt zurücklassen?»

«Machen Sie sich da keine Sorgen. Omar ist ein Freund

von mir. Er sieht zwar nicht sehr vorteilhaft aus, der arme Kerl, aber Sie können sich auf ihn verlassen, wenn Sie bei mir zu Gast sind. Und Saleh, der andere, ist ein guter Mechaniker. Saleh wird Ihnen Ihren neuen Keilriemen einsetzen, wenn er morgen da ist. Ich werde es ihm sagen.»

Saleh, der Mann von der anderen Straßenseite, war unterdessen herübergekommen. Mr. Aziz gab ihm seine Anweisungen. Dann befahl er den beiden Männern, auf den Lagonda aufzupassen. Er sprach kurz und bestimmt. Omar und Saleh standen da, machten Verbeugungen und scharrten beflissen mit den Füßen im Sand. Ich ging hinüber zu meinem Lagonda, um mir einen Koffer zu holen. Ich hatte dringend einen Kleiderwechsel nötig.

«Ach, übrigens», rief Mr. Aziz zu mir herüber, «ich trage beim Dinner gewöhnlich einen Smoking.»

«Natürlich», murmelte ich, stieß schnell den Koffer zurück, den ich gewählt hatte, und nahm einen anderen.

«Ich tue es hauptsächlich der Damen wegen. Sie machen sich zum Dinner gern schön.»

Ich drehte mich jäh um und sah ihn an, aber er stieg schon in seinen Wagen.

«Fertig?» fragte er.

Ich nahm den Koffer und legte ihn auf den Rücksitz des Rolls. Dann kletterte ich neben ihn auf den Vordersitz, und wir fuhren los.

Während der Fahrt unterhielten wir uns beiläufig über dieses und jenes. Er erzählte mir, daß er im Teppichgeschäft sei. Er habe Niederlassungen in Beirut und Damaskus. Seine Familie, sagte er, sei schon seit Hunderten von Jahren in der Branche.

Ich erwähnte, daß ich auf dem Fußboden meines Pariser Schlafzimmers einen Damaszener Teppich aus dem 17. Jahrhundert liegen hätte.

«Nicht möglich!» rief er und kam vor Aufregung beinahe von der Straße ab. «Ist er aus Seide und Wolle und ist die Kettelung ganz aus Seide? Ist das Grundmuster aus Gold- und Silberfäden?»

«Ja», sagte ich. «Genau.»

«Aber mein lieber Freund! Einen solchen Gegenstand dürfen Sie doch nicht auf den Fußboden legen!»

«Er wird nur von nackten Füßen berührt», sagte ich. Das freute ihn. Offenbar liebte er Teppiche genauso sehr, wie ich Tschin-Hoa-Vasen liebte.

Wir bogen bald von der Teerzementstraße in einen harten, steinigen Weg ein und fuhren quer durch die Wüste auf den Berg zu. «Das ist meine Privatstraße», sagte Mr. Aziz. «Sie ist acht Kilometer lang.»

«Sie haben sogar Telefon», sagte ich, als ich die Masten bemerkte, die an der Hauptstraße abzweigten und seiner Privatstraße folgten.

Und plötzlich kam mir ein absurder Gedanke. Der Araber an der Tankstelle . . . er hatte auch Telefon . . . Erklärte sich vielleicht damit das zufällige Eintreffen von Mr. Aziz? War es möglich, daß mein einsamer Gastgeber eine schlaue Methode ausgeheckt hatte, Reisende von der Straße wegzukapern, um sich zum Dinner mit dem zu versorgen, was er «zivilisierte Gesellschaft» nannte? Hatte er

dem Araber in Wirklichkeit strikte Anweisung gegeben,
die Wagen aller entsprechend aussehenden Personen fahr-
untüchtig zu machen? ‹Schneide einfach den Keilriemen
durch, Omar. Und dann rufst du mich schnell an. Achte
aber darauf, daß es gepflegt aussehende Männer sind, die
einen guten Wagen fahren. Ich komme dann schnell vorbei
und sehe nach, ob es sich lohnt, ihn in mein Haus zu
bitten . . .›

Das war natürlich lächerlich.

«Ich glaube», sagte da mein Begleiter, «Sie fragen sich,
warum in aller Welt ich hier draußen in solch einer Gegend
ein Haus habe.»

«Nun ja, ein bißchen schon.»

«Das fragt sich jeder», sagte er.

«*Jeder?*» sagte ich.

«Ja», sagte er.

Na, na, dachte ich – jeder.

«Ich wohne hier», sagte er, «weil ich ein ganz besonderes
Verhältnis zur Wüste habe. Ich fühle mich genauso zu ihr
hingezogen, wie ein Seemann sich zum Meer hingezogen
fühlt. Kommt Ihnen das seltsam vor?»

«Nein», antwortete ich, «das kommt mir keineswegs
seltsam vor.»

Er machte eine Pause und zog an seiner Zigarette. Dann
sagte er: «Das ist der eine Grund. Aber es gibt noch einen
anderen. Haben Sie Familie, Mr. Cornelius?»

«Leider nicht», antwortete ich vorsichtig.

«Ich schon», sagte er. «Ich habe eine Frau und eine
Tochter. Beide sind, zumindest in meinen Augen, sehr

schön. Meine Tochter ist gerade achtzehn. Sie war auf einem ausgezeichneten englischen Internat, und jetzt . . .» Er zuckte mit den Schultern. «Jetzt sitzt sie nur herum und wartet darauf, daß sie alt genug wird, um zu heiraten. Aber diese Wartezeit – was fängt man mit einem schönen jungen Mädchen in dieser Zeit an? Ich kann sie nicht allein herumlaufen lassen. Dazu ist sie viel zu begehrenswert. Wenn ich sie nach Beirut mitnehme, sehe ich, wie die Männer wie die Wölfe hinter ihr her sind. Es bringt mich fast um den Verstand. Ich weiß alles über Männer, Mr. Cornelius. Ich weiß, wie sie sich benehmen. Es stimmt natürlich, daß ich nicht der einzige Vater bin, der vor diesem Problem steht. Aber die anderen scheinen es irgendwie zu bewältigen und sich damit abzufinden. Sie geben ihren Töchtern alle Freiheit. Sie drängen sie förmlich aus dem Haus und machen die Augen zu. Ich bringe das nicht über mich. Ich *kann* es einfach nicht über mich bringen. Ich weigere mich, ihr zu erlauben, sich von jedem hergelaufenen Achmed, Ali und Hamil betatschen zu lassen. Und sehen Sie, das ist der andere Grund, weshalb ich in der Wüste wohne – um mein schönes Kind noch ein paar Jahre vor diesen wilden Tieren zu schützen. Sagten Sie nicht, Sie hätten überhaupt keine Familie, Mr. Cornelius?»

«Leider ist es so.»

«Oh.» Er schien enttäuscht. «Dann waren Sie also noch nie verheiratet?»

«Nun . . . nein», sagte ich. «Nein, das war ich noch nie.» Ich wartete auf die Frage, die jetzt unvermeidlich kommen mußte. Sie folgte ungefähr eine Minute später.

«Haben Sie sich nie *gewünscht*, zu heiraten und Kinder zu haben?»

Das fragten sie einen alle. Damit umschrieb man ganz einfach die Frage: ‹Sie sind dann also wohl homosexuell?›

«Einmal», sagte ich. «Nur ein einziges Mal.»

«Und was ist passiert?»

«Sie war die einzige Frau, die es je in meinem Leben gab, Mr. Aziz . . . Und dann . . .» Ich seufzte.

«Sie meinen, sie starb?»

Ich nickte. Meine Stimme war zu erstickt, um noch antworten zu können.

«Mein lieber Freund», sagte er. «Ach, es tut mir ja so leid. Verzeihen Sie, daß ich so aufdringlich fragte.»

Schweigend fuhren wir weiter.

«Es ist erstaunlich», murmelte ich, «wie man nach solch einer Geschichte alles Interesse an fleischlichen Dingen verliert. Ich nehme an, es ist ein Schock. Man kommt nie darüber hinweg.»

Er nickte voller Mitgefühl. Er schluckte das alles.

«Also reise ich jetzt nur herum und versuche zu vergessen. Ich tue das schon seit Jahren . . .»

Wir hatten inzwischen den Fuß des Maghara-Berges erreicht und folgten dem Weg, der um den Berg zu der Seite führte, die von der Straße aus nicht zu sehen war – zur Nordseite. «Wenn wir die nächste Kurve hinter uns haben, können Sie das Haus sehen», sagte Mr. Aziz.

Wir kamen um die Kurve . . . und da war es! Ich blinzelte und starrte hin, und ich muß Ihnen sagen, daß ich in den ersten paar Sekunden buchstäblich meinen Augen nicht traute. Vor mir sah ich ein weißes Schloß – ganz im Ernst –, *ein hohes weißes Schloß* mit Zinnen, Türmchen und Türmen überall, das wie ein Märchen inmitten eines kleinen Flecks grüner Vegetation am unteren Hang des glühend heißen, kahlen gelben Berges stand! Es war phantastisch! Es kam geradewegs aus einem der Märchen Andersens oder der Brüder Grimm. Ich hatte in meinem Leben schon viele romantische Schlösser in den Tälern des Rheins und der Loire bewundert, aber noch nie zuvor hatte ich eines gesehen, das so bezaubernd, so anmutig, so märchenhaft war wie dieses! Das Grün war, wie ich bemerkte, als wir näher kamen, ein reizender Garten mit großen Rasenflächen und Dattelpalmen, und das Ganze war von einer hohen weißen Mauer umgeben, die die Wüste fernhielt.

«Gefällt es Ihnen?» fragte mein Gastgeber lächelnd.

«Es ist hinreißend», sagte ich. «Es ist, als hätte man alle Märchenschlösser der Welt in einem vereinigt.»

«Genau das ist es!» rief er. «Es ist ein Märchenschloß! Ich habe es eigens für meine Tochter gebaut, für meine wunderschöne Prinzessin.»

Und die wunderschöne Prinzessin wird in diesen Mauern von ihrem strengen und eifersüchtigen Vater, König Abdul Aziz, gefangengehalten, der sich weigert, ihr die Annehmlichkeiten männlicher Gesellschaft zu erlauben. Aber sieh nur, hier eilt Prinz Oswald Cornelius herbei, dich zu retten! Der König ahnt nichts davon, daß er die wunderschöne Prinzessin rauben und sie sehr glücklich machen wird.

«Sie müssen zugeben, daß es etwas Besonderes ist»,
sagte Mr. Aziz.

«Ja.»

«Außerdem ist es hübsch und intim. Ich schlafe sehr
ruhig hier. Und die Prinzessin auch. Durch *diese* Fenster
jedenfalls werden nachts keine unerwünschten jungen
Männer einsteigen.»

«Sehr richtig», sagte ich.

«Früher war hier eine kleine Oase», fuhr er fort. «Ich
kaufte sie der Regierung ab. Wir haben reichlich Wasser
für das Haus, den Swimmingpool und die drei Morgen
Garten.»

Wir fuhren durch das Haupttor, und ich muß sagen, es
war wundervoll, plötzlich in ein Miniaturparadies aus grü-
nen Rasenflächen, Blumenbeeten und hohen Palmen zu
kommen. Alles machte einen sehr gepflegten Eindruck.
Wassersprüher drehten sich auf den Rasenflächen. Als wir
vor dem großen Portal des Hauses anhielten, stürzten
sofort zwei Diener in blütensauberen Galauniformen und
knallroten Fes heraus, um uns die Wagentüren zu öffnen.
Zwei Diener? Aber wären auch zwei gekommen, wenn sie
nicht *zwei* Leute erwartet hätten? Ich bezweifelte es. Es
sah mehr und mehr so aus, als bewahrheitete sich meine
seltsame kleine Theorie von der Kaperung des Dinnerga-
stes. Es war alles sehr amüsant.

Mein Gastgeber führte mich durch den Haupteingang
ins Haus. Sofort überkam mich dieses angenehme Frö-
steln, das man auf der Haut spürt, wenn man aus großer
Hitze unvermittelt in einen klimatisierten Raum kommt.

Ich stand in der Halle. Der Fußboden war aus grünem Mamor. Rechts von mir führte ein breiter Bogengang in einen großen Saal, und ich hatte den flüchtigen Eindruck von kühlen weißen Wänden, schönen Gemälden und hinreißenden Louis-quinze-Möbeln. Welch ein Ort, an dem ich mich da unversehens inmitten der Wüste Sinai wiederfand!

Eine Frau kam jetzt langsam die Treppe herabgeschritten. Mein Gastgeber hatte sich abgewandt, um mit den Dienern zu sprechen, und sah sie nicht sogleich. Als sie die unterste Stufe erreicht hatte, blieb sie stehen und ließ ihren nackten Arm wie eine weiße Anakonda auf das Treppengeländer gleiten. Und da stand sie nun und sah mich an, als wäre sie Königin Semiramis auf den Stufen Babylons und ich ein Bewerber, an dem sie vielleicht Geschmack finden würde – vielleicht aber auch nicht. Ihr Haar war blauschwarz, und sie hatte eine Figur, die mich veranlaßte, mir die Lippen mit der Zunge zu befeuchten.

Als Mr. Aziz sich umdrehte und sie sah, sagte er: «Oh, Liebling, da bist du ja. Ich habe einen Gast mitgebracht. Sein Wagen versagte. An der Tankstelle. Welch ein Mißgeschick! Ich bat ihn, mit herzukommen und über Nacht zu bleiben. Mr. Cornelius . . . meine Frau.»

«Wie reizend», sagte sie gelassen und trat auf mich zu. Ich ergriff ihre Hand und führte sie an meine Lippen. «Ihre Freundlichkeit überwältigt mich, Madame», murmelte ich. Von ihrer Hand stieg der Duft eines teuflischen Parfums auf. Es war ein fast ausschließlich animalischer Duft. Die geheimnisvollen, erotisierenden Sekrete des Pottwals, des

Moschushirsches und des Bibers vermischten sich in ihm,
durchdringend und unsagbar aufreizend: sie dominierten
über eine leichte Spur von reinen Pflanzenölen – Limone,
Kajeput und Zeroli. Es war superb! Und noch etwas anderes fiel mir in diesem ersten Moment auf: als ich ihre Hand
nahm, ließ sie sie nicht schlaff wie ein rohes Stück Fisch-
filet auf meiner Handfläche liegen, wie es andere Frau-
en tun, nein, sie legte ihren Daumen *unter* meine Hand
und bedeckte sie mit ihren anderen Fingern und konnte so – und ich schwöre, sie tat es auch – einen zarten,
doch vielsagenden Druck auf meine Hand ausüben,
als ich den konventionellen Kuß auf ihren Handrücken
hauchte.

«Wo ist Diana?» fragte Mr. Aziz.

«Sie ist draußen am Swimmingpool», sagte die Frau.
Dann wandte sie sich mir zu: «Möchten Sie *auch* ein bißchen schwimmen, Mr. Cornelius? Sie müssen von dem
langen Warten an dieser schrecklichen Tankstelle ja ganz
erschöpft sein.»

Sie hatte riesige Samtaugen, so dunkel, daß sie fast
schwarz wirkten, und wenn sie mir zulächelte, bewegte
sich ihre Nasenspitze etwas nach oben, und ihre Nasenflügel weiteten sich.

*Im gleichen Augenblick kam Prinz Oswald Cornelius zu
dem Schluß, daß ihm an der schönen Prinzessin, die im
Schloß des eifersüchtigen Königs gefangengehalten wurde,
nicht ein Deut gelegen war. Er würde statt ihrer die Königin rauben.*

«Also . . .» sagte ich.

«Ich werde schwimmen», sagte Mr. Aziz.

«Lassen Sie uns doch alle schwimmen», sagte seine Frau. «Wir leihen Ihnen eine Badehose, wenn Sie keine dabeihaben.»

Ich fragte, ob ich zuerst auf mein Zimmer gehen könnte, um mir ein sauberes Hemd und eine saubere Hose zu holen, die ich nach dem Bad anziehen wolle. «Aber gewiß», sagte meine Gastgeberin und gab einem der Diener Anweisung, mir den Weg zu zeigen. Er führte mich zwei Treppen hinauf, und wir betraten ein geräumiges weißes Schlafzimmer, in dem ein ungewöhnlich großes Doppelbett stand. An der einen Seite führte eine Tür in ein wohlausgestattetes Badezimmer mit einer taubenblauen Badewanne und einem dazu passenden Bidet.

Wohin man auch blickte, alles war peinlich sauber und entsprach absolut meinem Geschmack. Während der Diener meinen Koffer auspackte, ging ich zum Fenster und blickte hinaus. Ich sah die weite, glühende Wüste wie ein gelbes Meer aus der unendlichen Ferne des Horizonts heranbranden, bis sie auf die weiße Gartenmauer genau unter mir traf. Und dort, innerhalb der Mauer, erblickte ich den Swimmingpool, und neben dem Pool lag ein Mädchen im Schatten eines großen rosa Sonnenschirms auf dem Rücken. Das Mädchen hatte einen weißen Badeanzug an und las in einem Buch. Sie hatte lange, schlanke Beine und schwarzes Haar. Es war die Prinzessin.

Was für eine Szenerie, dachte ich. Das weiße Schloß, der Komfort, die Sauberkeit, die Klimaanlage, die beiden atemberaubend schönen Frauen, der Ehemann als Wachhund und ein ganzer Abend, um meine Strategie zu entfalten! Die Situation war auf so vollkommene Weise für mich geschaffen, daß es unmöglich gewesen wäre, sie zu verbessern. Die vor mir liegenden Aufgaben reizten mich außerordentlich. Eine einfache plumpe Verführung amüsierte mich nicht mehr. Solche Geschichten bieten keinen Raum für künstlerische Entfaltung; und ich kann Ihnen versichern, hätte ich die Fähigkeit besessen, den eifersüchtigen Wachhund Mr. Aziz mit Hilfe eines Zauberstabs die ganze Nacht verschwinden zu lassen, ich hätte es nicht getan. Ich begehrte keine Pyrrhussiege.

Begleitet von dem Diener, verließ ich das Zimmer. Wir gingen die erste Treppe hinunter, und dann, auf der Etage unter meiner eigenen, blieb ich stehen und fragte beiläufig: «Schläft die ganze Familie auf dieser Etage?»

«Oh, ja», sagte der Diener. «Dort ist das Zimmer des Herrn –» er zeigte auf eine Tür – «und daneben das von Mrs. Aziz. Miss Diana schläft gegenüber.»

Drei getrennte Schlafzimmer. Alle sehr nahe beieinander. Praktisch uneinnehmbar. Ich verstaute die Information in meinem Gehirn und ging nach unten zum Pool. Mein Gastgeber und meine Gastgeberin waren schon da.

«Das ist meine Tochter Diana», sagte Mr. Aziz.

Das Mädchen im weißen Badeanzug stand auf, und ich küßte ihr die Hand. «Hallo, Mr. Cornelius», sagte sie.

Sie benutzte dasselbe schwere, animalische Parfum wie ihre Mutter – Ambra, Moschus und Bibergeil! Welch ein

Duft – aufreizend, schamlos und wunderbar! Ich schnüffelte danach wie ein Hund. Sie war, dachte ich, noch schöner als die Mutter, wenn das überhaupt möglich war. Sie hatte die gleichen riesigen Samtaugen, das gleiche schwarze Haar und den gleichen Gesichtsschnitt. Aber ihre Beine waren zweifellos länger, und an ihrem Körper war etwas, das ihm, im Vergleich zu dem ihrer Mutter, einen leichten Vorteil verschaffte: er hatte mehr Linie, war schlangenhafter und mit Sicherheit auch sehr viel geschmeidiger. Doch in den Augen der älteren Frau, die wahrscheinlich 37 war, aber nicht älter als 25 aussah, glomm ein Funke, den die Tochter nicht im Entferntesten bieten konnte.

Eene – meene – mu – eben noch hatte Prinz Oswald geschworen, er würde nur die Königin rauben und sich nicht um die Prinzessin kümmern. Aber nun, da er die Prinzessin in Fleisch und Blut gesehen hatte, wußte er nicht mehr, welche er vorziehen sollte. Beide von ihnen versprachen, jede auf ihre Weise, ungezählte Freuden – die eine unschuldig und eifrig, die andere erfahren und unersättlich. In Wahrheit hätte er sie am liebsten beide gehabt – die Prinzessin als Horsd'œuvre und die Königin als Hauptgang.

«Suchen Sie sich in der Umkleidekabine doch bitte selbst eine Badehose aus, Mr. Cornelius», sagte Mrs. Aziz.

Ich ging also in das Badehäuschen und tat es, und als ich wieder herauskam, planschten die drei schon im Wasser. Ich machte einen Kopfsprung und schwamm zu ihnen hin. Das Wasser war so kalt, daß ich nach Luft schnappen mußte.

«Das habe ich mir gedacht», sagte Mr. Aziz lachend, «daß Sie überrascht sein würden. Es ist gekühlt. Ich halte es auf 18 Grad. Das ist in diesem Klima erfrischender.»

Später, als die Sonne allmählich am Himmel versank, saßen wir alle in unserem nassen Badezeug herum, während uns ein Diener blasse, eiskalte Martinis brachte. An diesem Punkt begann ich sehr langsam, sehr vorsichtig die beiden Damen auf meine spezielle Art zu verführen. Normalerweise, wenn ich freie Hand habe, bereitet mir das keine besonderen Schwierigkeiten. Das hübsche kleine Talent, das ich nun einmal besitze – die Fähigkeit, eine Frau mit Worten zu hypnotisieren –, läßt mich nur selten im Stich. Natürlich ist es mit Worten allein nicht getan. Die Worte selbst sind unverfänglich, oberflächlich, werden nur mit dem Mund gesprochen, während die eigentliche Botschaft, das ungehörige und erregende Versprechen, von allen Gliedern und Organen des Körpers ausgeht und durch die Augen übermittelt wird. Mehr als das kann ich Ihnen über die Art, wie es gemacht wird, offen gestanden nicht sagen. Der springende Punkt ist, daß es wirkt. Und es wirkt wie spanische Fliegen. Ich glaube, ich könnte mich der Frau des Papstes gegenübersetzen, wenn er eine hätte, und wenn ich mir genug Mühe gäbe, würde sie sich in spätestens einer Viertelstunde mit geöffneten Lippen und vor Verlangen glänzenden Augen über den Tisch zu mir beugen. Es ist nur ein kleines Talent, kein großes, aber ich bin trotzdem dankbar, daß es mir mitgegeben wurde. Und ich habe jederzeit mein Bestes getan, es nicht brachliegen zu lassen.

Wir vier, die beiden bestrickend schönen Frauen, der kleine Mann und ich, saßen also im Halbkreis neben dem Swimmingpool, räkelten uns in Liegestühlen, nippten an unseren Drinks und spürten die warme Sechs-Uhr-Sonne auf unserer Haut. Ich war gut in Form. Ich brachte sie immer wieder zum Lachen. Bei der Geschichte von der gefräßigen alten Herzogin von Glasgow, die in die Pralinenschachtel griff und dabei von einem Skorpion gezwickt wurde, den ich in der Schachtel aufbewahrt hatte, fiel die Tochter vor Lachen aus dem Liegestuhl. Und als ich in allen Einzelheiten das Innere meines Spinnenzucht-Hauses beschrieb, das ich in meinem Park in der Nähe von Paris unterhielt, schüttelten sich die beiden Damen in einer Mischung von Abscheu und Vergnügen.

In diesem Stadium stellte ich fest, daß die Augen von Mr. Abdul Aziz gutgelaunt und wohlwollend zwinkernd auf mir ruhten. ‹Na, na›, schienen die Augen zu sagen, ‹es freut uns, zu sehen, daß Sie doch nicht ganz so desinteressiert an Frauen sind, wie Sie mich im Auto glauben machen wollten . . . Oder liegt es vielleicht an dieser anregenden Umgebung, daß Sie Ihren großen Kummer langsam vergessen . . .?› Mr. Aziz lächelte mir zu und zeigte dabei seine blendendweißen Zähne. Es war ein freundliches Lächeln. Und ich lächelte freundlich zurück. Was für ein freundlicher kleiner Mann er doch war! Er war wirklich hoch erfreut, daß ich den Damen soviel Aufmerksamkeit widmete. So weit, so gut.

Die nächsten Stunden will ich hier kurz zusammenfassen, denn erst nach Mitternacht passierte etwas wirklich

Ungeheuerliches. Ein paar kurze Bemerkungen sollen genügen, um das, was sich bis dahin ereignete, zu schildern.

Um sieben Uhr verließen wir gemeinsam den Swimmingpool und begaben uns ins Haus, um uns zum Dinner umzukleiden.

Um acht Uhr versammelten wir uns im großen Salon, um noch einen Cocktail zu nehmen. Die beiden Damen waren fabelhaft zurechtgemacht und glitzerten vor Juwelen. Beide hatten tief dekolletierte, ärmellose Abendkleider an, die garantiert von irgendeinem großen Pariser Couturier stammten. Meine Gastgeberin trug Schwarz, ihre Tochter ein blasses Blau, und der Duft jenes berauschenden Parfums war überall um sie zu spüren. Welch ein Paar! Die ältere hatte jene leicht nach vorn gewölbten Schultern, wie man sie nur bei den leidenschaftlichsten und erfahrensten Frauen antrifft. Genau wie eine große Reiterin vom ständigen Sitzen auf Pferderücken O-Beine bekommt, entwickelt eine der Leidenschaft ergebene Frau eigenartig gerundete Schultern, weil sie so oft Männer umarmt. Es handelt sich gewissermaßen um eine «beruflich bedingte» Deformierung – die edelste von allen.

Die Tochter war noch nicht alt genug, um sich dieses einzigartige Ehrenzeichen erworben zu haben, doch bei ihr genügte es, daß ich zurücktrat und die Form ihres Körpers unter dem engen Seidenkleid studierte und die hinreißenden, gleitenden Bewegungen ihrer Schenkel beobachtete, wenn sie sich durchs Zimmer bewegte. Auf ihrem halb entblößten Rücken konnte man eine feine Linie kleiner, zarter goldener Haare sehen, die das Rückgrat hinauflief, und als ich hinter ihr stand, konnte ich kaum der Versuchung widerstehen, mit den Knöcheln meiner Finger an dieser entzückenden Wirbelsäule auf und ab zu fahren.

Um halb neun begaben wir uns ins Speisezimmer. Das nun folgende Dinner war in der Tat auserlesen köstlich, doch ich werde hier keine Zeile damit vergeuden, die Speisen oder die Weine zu beschreiben. Während der Mahlzeit fuhr ich fort, ganz behutsam und listig die Gefühle und Empfindungen der beiden Frauen zum Schwingen zu bringen, und ich wandte dabei alle meine Fähigkeiten an. Als das Dessert hereingetragen wurde, schmolzen sie vor meinen Blicken dahin wie Butter an der Sonne.

Nach dem Dinner gingen wir wieder in den Salon, wo Kaffee und Cognac warteten, und spielten dann, einem Vorschlag des Gastgebers folgend, einige Partien Bridge.

Gegen Ende des Abends war ich mir sicher, daß ich gute Arbeit geleistet hatte. Die alte Magie hatte mich nicht im Stich gelassen. Beide Damen brannten darauf, meinem nächsten Wink Folge zu leisten – falls die Umstände es erlauben sollten. Darin täuschte ich mich ganz gewiß nicht. Es war eine unübersehbare Tatsache – man hätte schon blind sein müssen, um es nicht zu bemerken. Das Gesicht meiner Gastgeberin strahlte vor Erregung, und wenn sie mir über den Kartentisch hinweg einen Blick zuwarf, wurden diese riesigen Samtaugen größer und größer, die Nasenflügel weiteten sich, und der Mund öffnete sich leicht, um zwischen den Zähnen die Spitze einer feuchten, rosa Zunge freizugeben. Es war ein herrlich lasziver Anblick, und mehr als einmal brachte er mich beim Kartenspiel ganz aus dem Konzept. Die Tochter war weniger mutig, doch ebenso direkt. Jedesmal, wenn sich unsere Augen begegneten, und das war oft genug, hob sie eine Winzigkeit die Brauen, als stelle sie eine Frage. Und dann lächelte sie ein kurzes, schlaues kleines Lächeln, als beantworte sie sich die Frage selbst.

Mr. Aziz blickte auf seine Uhr. «Ich denke, es ist Zeit, daß wir alle zu Bett gehen», sagte er. «Es ist nach elf. Wie ist es, meine Lieben?»

Und da passierte etwas Eigenartiges. Sogleich, ohne auch nur im geringsten zu zögern und ohne einen weiteren Blick in meine Richtung zu werfen, standen beide Damen auf und schritten zur Tür! Es war schon erstaunlich, und ich war völlig verblüfft. Ich wußte nicht, was ich davon halten sollte. Es war die schnellste Reaktion, die ich je gesehen hatte. Und dabei hatte man nicht etwa das Gefühl, daß Mr. Aziz hier ein Machtwort gesprochen hatte. Seine Stimme hatte, für mich jedenfalls, freundlich wie immer geklungen. Aber jetzt schaltete er auch bereits das Licht aus und bedeutete mir damit unmißverständlich, mich ebenfalls zurückzuziehen. Welch eine Enttäuschung! Ich hatte zumindest damit gerechnet, daß mir entweder die Ehefrau oder die Tochter noch etwas zuflüstern würde, bevor wir uns für die Nacht trennten, nur drei, vier schnelle Worte, die mir sagten, wohin ich gehen sollte und wann. Statt dessen stand ich nun wie ein Narr am Kartentisch, während die beiden Damen aus dem Raum glitten.

Mein Gastgeber und ich folgten ihnen die Treppe hinauf. Auf dem Absatz der ersten Etage standen Mutter und Tochter Seite an Seite und warteten auf mich.

«Gute Nacht, Mr. Cornelius», sagte meine Gastgeberin.

«Gute Nacht, Mr. Cornelius», sagte die Tochter.

«Gute Nacht, lieber Freund», sagte Mr. Aziz. «Ich hoffe sehr, daß Sie alles haben, was Sie brauchen.»

Sie wandten sich ab, und mir blieb nichts anderes übrig, als langsam, widerstrebend die zweite Treppe hinaufzugehen und mich in mein Zimmer zu begeben. Ich trat ein und schloß hinter mir die Tür. Die schweren Brokatvorhänge waren schon von einem Diener zugezogen worden, aber ich öffnete sie wieder und beugte mich aus dem Fenster, um ein bißchen in die Nacht hinauszusehen. Die Luft war still und warm, und über der Wüste schien ein kleiner Mond. Der Swimmingpool unter mir sah im Mondlicht wie ein enormer Spiegel aus, der flach auf dem Rasen lag, und daneben erkannte ich die vier Liegestühle, in denen wir am Nachmittag gelegen hatten.

Na gut, dachte ich. Und jetzt?

Ich wußte, daß es etwas gab, was ich in diesem Haus auf keinen Fall tun durfte – mich aus meinem Zimmer wagen und durch die Flure streifen. Das wäre Selbstmord gewesen. Ich hatte im Laufe vieler Jahre gelernt, daß es drei Sorten Ehemänner gab, bei denen man niemals unnötige Risiken eingehen durfte: die Bulgaren, die Griechen und die Syrer. Aus irgendeinem Grunde hatten sie nichts dagegen, wenn man ziemlich offen mit ihren Frauen flirtete, aber sie alle würden jeden Mann auf der Stelle umbringen, wenn sie ihn im Bett ihrer Gattin erwischten. Mr. Aziz war Syrer. Ein gewisses Maß an Vorsicht war deshalb unerläßlich. Wenn jetzt irgend etwas geschehen sollte, durfte es nicht von mir kommen, sondern mußte von einer der beiden Frauen ausgehen, denn nur sie wußten, was hier sicher und was hier gefährlich war. Allerdings mußte ich mir eingestehen, daß die Art und Weise, wie mein Gastgeber die beiden vor vier Minuten zur Ordnung gerufen hatte, kaum auf weitere Schritte in naher Zukunft hoffen ließ. Das Ärgerliche war nur, daß ich so höllisch in Fahrt gekommen war.

Ich zog mich aus und duschte lange und kalt. Das half. Dann vergewisserte ich mich, daß die Vorhänge fest zugezogen waren, denn ich habe bei Mondlicht noch nie gut schlafen können. Ich ging zu Bett und lag eine Stunde oder so da und las noch ein bißchen in Gilbert Whites *Naturgeschichte von Selborne* weiter. Das half ebenfalls. Endlich, irgendwann zwischen Mitternacht und ein Uhr morgens, war ich langsam fähig, ohne allzu viel Bedauern das Licht auszumachen und mich auf den Schlaf vorzubereiten.

Ich war gerade im Begriff, einzudösen, als ich ganz leise Geräusche hörte. Ich erkannte sie sofort. Es waren Geräusche, wie ich sie schon oft in meinem Leben gehört hatte, und trotzdem waren es für mich immer noch die aufregendsten und vielversprechendsten Geräusche der Welt. Sie bestanden aus einer Reihe leichter, leiser metallischer Klänge, Metall, das zart gegen anderes Metall kratzte. Und sie stammten, sie stammten jedesmal von jemandem, der sehr langsam, sehr vorsichtig von draußen die Türklinke herunterdrückte. Ich war augenblicklich hellwach. Aber ich rührte mich nicht. Ich öffnete nur die Augen und starrte zur Tür. Ich weiß noch, wie sehr ich mir in jenem Moment wünschte, der Vorhang hätte wenigstens einen Spaltbreit offengestanden und wenigstens einen kleinen, dünnen Streifen Mondlicht hereingelassen, damit ich zumindest einen Schatten des Schattens jener zauberhaften Gestalt hätte erblicken können, die nun gleich eintreten würde. Doch der Raum war dunkel wie ein Verlies.

Ich hörte nicht, wie die Tür geöffnet wurde. Keine Angel quietschte. Aber plötzlich wehte ein kaum merklicher Luftzug durchs Zimmer und brachte die Vorhänge zum Rascheln, und einen Augenblick später hörte ich, wie ganz leise Holz an Holz schlug, als die Tür vorsichtig geschlossen wurde. Dann hörte man das Klicken des Türschnäppers, als die Klinke losgelassen wurde.

Als nächstes hörte ich Füße, die auf Zehenspitzen über den Teppich auf mich zukamen.

Eine entsetzliche Sekunde lang dachte ich daran, daß es ebensogut Mr. Abdul Aziz sein konnte, der mit einem langen Messer in der Hand auf mich zuschlich, doch dann beugte sich ganz unvermittelt ein warmer, geschmeidiger Körper über mich, und eine Frauenstimme flüsterte mir ins Ohr: «Um Gottes willen keinen Laut!»

«Mein Geliebtes», sagte ich und fragte mich, welche von ihnen es war, «ich wußte, du . . .» Augenblicklich verschloß mir ihre Hand den Mund.

«Bitte!» flüsterte sie. *«Kein Wort mehr!»*

Ich widersprach nicht. Meine Lippen hatten Besseres zu tun. Und die ihren auch.

Hier muß ich innehalten. Das sieht mir ganz und gar nicht ähnlich – ich weiß. Aber nur dieses eine Mal erspare man mir eine detaillierte Beschreibung der großen Szene, die nun folgte. Ich habe meine Gründe dafür, und ich bitte darum, sie zu respektieren. Es wird Ihnen auf alle Fälle nicht schaden, zur Abwechslung einmal die eigene Phantasie spielen zu lassen, und wenn Sie wollen, werde ich Ihre Phantasie ein wenig stimulieren, indem ich einfach und wahrheitsgemäß berichte, daß mich von den vielen Tausenden und Tausenden von Frauen, die ich in meinem Leben genossen habe, keine einzige so nahe an die letzten Abgründe der Ekstase trieb wie diese Dame aus der Wüste Sinai. Ihre Wendigkeit war unglaublich. Ihre Leidenschaft war überwältigend. Ihre erotische Skala war unermeßlich. Bei jeder neuen Wendung wußte sie mit einem anderen faszinierenden Manöver aufzuwarten. Und wie um all dem die Krone aufzusetzen, war ihr Stil überdies so raffiniert und exotisch, wie ich es noch nie erlebt hatte. Sie war eine große Künstlerin. Sie war ein Genie.

All das, werden Sie wahrscheinlich sagen, weist eindeutig darauf hin, daß es sich bei meiner Besucherin um die ältere der beiden Frauen gehandelt haben muß. Sie irren sich. Es wies auf gar nichts hin. Wahres Genie ist angeboren. Es hat sehr wenig mit Alter zu tun. Und ich kann Ihnen versichern, daß ich in jenem stockdunklen Zimmer nicht mit Sicherheit feststellen konnte, welche von beiden es war. Ich hätte darauf keinen Penny gewettet. Einmal, nach einer besonders stürmischen Kadenz, war ich sekundenlang überzeugt, daß es die Mutter sei. *Es mußte die Mutter sein!* Dann änderte sich plötzlich das gesamte Tempo, und die Melodie wurde so kindlich und unschuldig, daß ich unversehens versucht war zu schwören, daß es die Tochter sei. *Es mußte die Tochter sein!*

Es machte mich wahnsinnig, daß ich die richtige Antwort nicht wußte. Es quälte mich. Es beschämte mich aber auch, denn ein Kenner, ein großer Kenner, sollte schließlich immer den Jahrgang erraten können, ohne das Flaschenetikett zu sehen. Aber hier war ich wirklich ratlos. Einmal griff ich nach meinen Zigaretten, entschlossen, das Geheimnis im Licht eines Streichholzes zu lösen, aber ihre Hand war wie der Blitz bereit, und Zigaretten und Streichhölzer wurden quer durch das Zimmer geschleudert. Mehr als einmal begann ich, ihr die Frage ins Ohr zu flüstern, aber ich brachte nie mehr als drei Worte heraus, ehe ihre Hand wieder hochschoß und auf meinen Mund klatschte. Ziemlich heftig übrigens.

Also gut, dachte ich. Lassen wir das für den Augenblick. Morgen früh, unten bei Tageslicht, werde ich genau wissen, welche von euch es war. Ich werde es am Glühen des Gesichts, an der Art, wie deine Augen meinem Blick begegnen, und an hundert anderen kleinen verräterischen Zeichen erkennen. Ich werde es auch an dem Abdruck erkennen, den meine Zähne links am Hals, über der Linie des Ausschnitts, hinterlassen haben. Ganz schön böse, dieser Trick, dachte ich, und so geschickt abgepaßt – mein hinterlistiger Biß wurde auf dem Höhepunkt ihrer Leidenschaft verabreicht –, daß sie seine Bedeutung nie auch nur eine Sekunde lang durchschaute.

Es war, ohne jede Einschränkung, eine absolut denkwürdige Nacht. Es mußten mindestens vier Stunden vergangen sein, als sie mich zum letztenmal wild umarmte und dann so rasch aus dem Zimmer glitt, wie sie hereingekommen war.

Am nächsten Morgen erwachte ich erst nach zehn. Ich stieg aus dem Bett und zog die Vorhänge auf. Es war wieder ein strahlender, heißer Wüstentag. Ich nahm in aller Ruhe ein Bad und kleidete mich dann so sorgfältig an wie immer. Ich fühlte mich gelöst und munter. Der Gedanke, daß ich immer, obwohl schon in mittleren Jahren, eine Frau allein mit der Kraft meiner Augen in mein Zimmer zwingen konnte, machte mich sehr glücklich. Und was für eine Frau! Es würde faszinierend sein, herauszufinden, welche von beiden es gewesen war. Bald würde ich es wissen.

Langsam stieg ich die zwei Treppen hinab.

«Guten Morgen, lieber Freund, guten Morgen!» sagte Mr. Aziz und erhob sich hinter einem kleinen Schreibtisch im Salon, an dem er gesessen und etwas geschrieben hatte. «Hatten Sie eine gute Nacht?»

«Ausgezeichnet, danke», antwortete ich und achtete darauf, daß es nicht selbstgefällig klang.

Er kam auf mich zu, blieb dicht vor mir stehen und lächelte mit seinen blendendweißen Zähnen. Seine lebhaften kleinen Augen blieben auf meinem Gesicht haften und glitten langsam darüber hin, als suchten sie etwas.

«Ich habe gute Nachrichten für Sie», sagte er. «Vor fünf Minuten rief man aus Bir Rawd Salim an und sagte, Ihr neuer Keilriemen sei mit dem Postwagen eingetroffen. Saleh setzt ihn gerade ein. Er ist in einer Stunde fertig. Wenn Sie also gefrühstückt haben, bringe ich Sie hin, und Sie können Ihre Reise fortsetzen.»

Ich sagte ihm, wie dankbar ich sei.

«Es wird uns leid tun, daß Sie uns verlassen», sagte er. «Es war uns allen eine sehr große Freude, Sie hier gehabt zu haben, eine sehr große Freude.»

Ich frühstückte allein im Speisezimmer. Anschließend kehrte ich in den Salon zurück, um eine Zigarette zu rauchen, während der Hausherr weiter an seinem Schreibtisch arbeitete.

«Verzeihen Sie bitte», sagte er. «Ich muß hier noch ein paar Sachen fertig machen. Es dauert nicht lange. Ich habe dafür gesorgt, daß Ihr Koffer gepackt und in den Wagen gebracht wird. Sie brauchen sich also um nichts mehr zu kümmern. Nehmen Sie doch inzwischen Platz und genießen Sie in Ruhe Ihre Zigarette. Die Damen müssen jede Minute herunterkommen.»

Seine Frau erschien zuerst. Sie schwebte ins Zimmer und wirkte mehr denn je wie die berückende Königin Semiramis vom Nil. Das erste, was mir an ihr auffiel, war der blaßgrüne Chiffonschal, den sie sich lässig um den Hals geschlungen hatte! Lässig, aber sorgfältig! So sorgfältig, daß nirgends die Haut des Halses zu sehen war. Sie ging sogleich auf ihren Mann zu und küßte ihn auf die Wange. «Guten Morgen, mein Liebling», sagte sie.

Du raffiniertes, schönes Biest, dachte ich.

«Guten Morgen, Mr. Cornelius», sagte sie fröhlich, kam herüber und nahm mir gegenüber in einem Sessel Platz. «Haben Sie gut geruht? Ich hoffe sehr, Sie hatten alles, was Sie brauchten.»

Noch nie in meinem Leben hatte ich die Augen einer Frau so funkeln sehen wie an jenem Morgen die ihren, noch nie ein so strahlendes Frauenantlitz.

«Ich hatte eine ganz ausgezeichnete Nacht, ich danke *Ihnen*», antwortete ich und wollte damit andeuten, was ich wußte.

Sie lächelte und zündete sich eine Zigarette an. Ich warf einen Blick zu Mr. Aziz hinüber, der immer noch, den Rücken zu uns gekehrt, emsig schrieb. Er beobachtete seine Frau oder mich nicht im geringsten. Er war, dachte ich, genau wie all die anderen bedauernswerten Ehemänner, denen ich Hörner aufgesetzt hatte. Keiner von ihnen hätte geglaubt, daß es ihm passieren konnte, jedenfalls nicht vor der eigenen Nase.

«Guten Morgen, alle zusammen!» rief die Tochter und kam ins Zimmer gestürmt. «Guten Morgen, Papa! Guten Morgen, Mami!» Sie gab den beiden einen Kuß. «Guten Morgen, Mr. Cornelius!» Sie trug eine rosa Hose und eine rostfarbene Bluse, und ich will verflucht sein, wenn sie sich nicht ebenfalls achtlos-achtsam einen Schal um den Hals geschlungen hatte! Einen Chiffonschal!

«Haben Sie gut geschlafen?» fragte sie und hüpfte wie eine junge Braut auf meine Sessellehne und setzte sich so hin, daß ihr einer Oberschenkel fast an meinem Unterarm ruhte. Ich lehnte mich zurück und betrachtete sie eingehend. Sie erwiderte meinen Blick und zwinkerte! Sie zwinkerte tatsächlich! Ihr Gesicht glühte und funkelte genau wie das ihrer Mutter, und wenn es überhaupt einen Unterschied gab, schien sie noch zufriedener mit sich als die Mutter.

Ich war einigermaßen verwirrt. Nur eine von ihnen hatte das Mal meines Bisses zu verbergen, und doch hatten beide ihren Hals mit einem Schal bedeckt. Ich räumte ein, daß es Zufall sein konnte, aber nach ihren Gesichtern zu urteilen, ließ es vielmehr auf eine Verschwörung schließen. Es kam mir so vor, als hätten sie sich abgesprochen, damit ich nicht hinter die Wahrheit käme. Was für eine durchtriebene Geschichte! Und wozu das alles?

Und wie gingen sie sonst bei ihren seltsamen Plänen und Machenschaften zu Werke? Ich hätte es zu gern gewußt. Hatten sie in der vergangenen Nacht vielleicht um mich gelost? Oder wechselten sie sich einfach ab bei der «Betreuung» ihrer Besucher? Ich *mußte* so schnell wie möglich wiederkommen, sagte ich mir. Ich mußte sie noch einmal besuchen, nur um zu sehen, was beim zweitenmal passieren würde. Vielleicht konnte ich in ein oder zwei Tagen von Jerusalem aus herüberkommen. Ich nahm an, es würde nicht schwer sein, mich noch einmal einladen zu lassen.

«Sind Sie fertig, Mr. Cornelius?» fragte Mr. Aziz und erhob sich von seinem Platz am Schreibtisch.

«Ja, ich bin fertig», antwortete ich.

Die Damen gingen uns, schlank und lächelnd, nach

draußen voran, wo der große grüne Rolls-Royce wartete. Ich küßte ihnen die Hand und flüsterte beiden «Tausend Dank!» zu. Dann ließ ich mich auf dem Vordersitz neben meinem Gastgeber nieder, und wir fuhren los. Mutter und Tochter winkten. Ich ließ mein Fenster herunter und winkte zurück. Dann verließen wir den Garten und waren in der Wüste, folgten dem steinigen gelben Weg, der sich um den Fuß des Maghara-Bergs wand, und die Telefonmasten eilten mit.

Während der Fahrt unterhielt ich mich mit meinem Gastgeber angeregt über dieses und jenes. Ich gab mir alle Mühe, so aimable wie möglich zu sein, denn ich hatte jetzt nur noch das eine Ziel, mich wieder ins Haus einladen zu lassen. Wenn es mir nicht gelang, *ihn* dazu zu bringen, *mich* zu bitten, dann mußte *ich ihn* bitten. Ich würde es erst im letzten Augenblick tun. «Auf Wiedersehen, mein lieber Freund», würde ich sagen und voller Sympathie seinen Arm ergreifen. «Erlauben Sie mir die Freude, wieder einmal bei Ihnen vorbeizuschauen, wenn ich zufällig in der Nähe bin?» Und er würde selbstverständlich ja sagen.

«Habe ich übertrieben, als ich Ihnen erzählte, meine Tochter sei wunderschön?» fragte er mich.

«Sie haben untertrieben», sagte ich. «Sie ist eine hinreißende Schönheit. Ich gratuliere Ihnen. Aber Ihre Frau ist genauso schön. Als ich so zwischen den beiden stand, hätte ich fast den Boden unter den Füßen verloren», fügte ich lachend hinzu.

«Das habe ich bemerkt», sagte er und lachte mit. «Es sind zwei sehr unartige Mädchen. Sie lieben es, mit anderen

Männern zu flirten. Aber warum sollte ich etwas dagegen haben. Es ist ja so harmlos.»

«Durchaus», sagte ich.

«Ich finde, es ist lustig und spaßig.»

«Es ist charmant», sagte ich.

In weniger als einer halben Stunde hatten wir die Hauptstraße Ismailia-Jerusalem erreicht. Mr. Aziz bog mit dem Rolls-Royce auf den schwarzen Teerzementstreifen ein und sauste mit 125 Stundenkilometern auf die Tankstelle zu. In wenigen Minuten würden wir dort sein. Also versuchte ich jetzt, dem Thema eines erneuten Besuches ein wenig näherzukommen, ganz vorsichtig nach einer Einladung zu angeln. «Ich kann Ihr Haus einfach nicht vergessen», sagte ich. «Ich finde es einfach phantastisch.»

«Es ist hübsch, nicht wahr?»

«Ich nehme an, Sie fühlen sich ab und zu recht einsam da draußen, nur Sie drei?»

«Es ist nicht schlimmer als anderswo», sagte er. «Die Menschen sind überall einsam. Eine Wüste oder eine Stadt – es macht wirklich keinen großen Unterschied. Außerdem haben wir ja Gäste, wissen Sie. Sie wären überrascht, wenn Sie wüßten, wie viele Menschen doch von Zeit zu Zeit vorbeikommen. Wie Sie, zum Beispiel. Es war ein großes Vergnügen für uns, Sie bei uns haben zu dürfen, mein Lieber.»

«Ich werde es nie vergessen», sagte ich. «Es ist selten, daß man heutzutage noch soviel Herzlichkeit und Gastfreundschaft erlebt.»

Ich wartete darauf, daß er mich aufforderte, wiederzukommen, doch er tat es nicht. Es entstand ein kleines Schweigen, ein etwas unbehagliches kleines Schweigen. Um es zu überbrücken, sagte ich: «Ich glaube, Sie sind der fürsorglichste Vater, von dem ich je in meinem Leben gehört habe.»

«Ich?»

«Ja. Indem Sie hier am Ende der Welt ein Haus erbauten und allein wegen Ihrer Tochter darin wohnen, um sie zu beschützen. Ich finde das bemerkenswert.»

Ich sah ihn lächeln, aber er hielt die Augen auf die Straße gerichtet und sagte nichts. Zwei Kilometer vor uns waren jetzt die Tankstelle und die Hütten zu sehen. Die Sonne stand bereits hoch am Himmel, und im Auto wurde es heiß.

«Nur wenige Väter würden in ihrer Fürsorge so weit gehen», fuhr ich fort.

Wieder lächelte er, aber diesmal schien er mir irgendwie verlegen. Und dann sagte er: «*Ganz* soviel Lob, wie Sie mir da spenden, verdiene ich nicht, wirklich nicht. Um ganz offen mit Ihnen zu sein, meine hübsche Tochter ist nicht der einzige Grund, weshalb ich in dieser komfortablen Einsiedelei lebe.»

«Ich weiß.»

«Sie wissen?»

«Sie haben es mir erzählt. Sie sagten, der andere Grund sei die Wüste. Sie lieben sie, sagten Sie, wie ein Seemann das Meer.»

«Das sagte ich. Und es ist vollkommen richtig. Aber es gibt noch einen dritten Grund.»

«Ach, und welcher wäre das?»

Er antwortete mir nicht. Er saß ganz still mit den Händen am Steuer, die Augen fest auf die vor uns liegende Straße gerichtet.

«Verzeihen Sie», sagte ich. «Ich hätte nicht danach fragen sollen. Es geht mich nichts an.»

«Nein, nein, es ist schon in Ordnung», sagte er. «Sie brauchen sich nicht zu entschuldigen.»

Ich starrte aus dem Fenster in die Wüste hinaus. «Ich glaube, es ist heißer als gestern», sagte ich. «Es muß schon weit über 40 Grad sein.»

«Ja.»

Ich sah, wie er ein bißchen auf seinem Sitz herumrutschte, als versuchte er, es sich bequemer zu machen. Dann sagte er: «Ich sehe wirklich keinen Grund, weshalb ich Ihnen nicht die Wahrheit über das Haus erzählen sollte. Ich habe nicht den Eindruck, daß Sie schwatzhaft sind.»

«Das ganz gewiß nicht», sagte ich.

Wir hatten die Tankstelle beinahe erreicht, und er drosselte die Geschwindigkeit und fuhr nun fast im Schrittempo, um sich für das, was er zu sagen hatte, Zeit zu nehmen. Ich sah, wie die beiden Araber neben meinem Lagonda standen und uns beobachteten.

«Die Tochter», sagte er schließlich, «die Sie kennengelernt haben, ist nicht meine einzige Tochter.»

«Ach, wirklich?»

«Ich habe noch eine, die fünf Jahre älter ist.»

«Und zweifellos genauso schön», sagte ich. «Wo lebt sie? In Beirut?»

«Nein, auch in dem Haus.»

«In welchem Haus? Doch nicht in dem, das wir gerade verlassen haben?»

«Doch.»

«Aber ich habe sie gar nicht gesehen.»

«Nun ja», sagte er und wandte sich mir plötzlich zu, um mein Gesicht zu beobachten, «vielleicht nicht.»

«Aber warum nicht?»

«Sie hat Lepra.»

Ich zuckte heftig zusammen.

«Ja, ich weiß», sagte er, «es ist etwas Schreckliches. Und sie hat noch dazu die schlimmste Art, das arme Mädchen. Man nennt es lepromatöse Lepra. Diese Art ist außerordentlich resistent und praktisch unheilbar. Wenn es sich um tuberkolide Lepra handelte, wäre es viel leichter. Aber das ist es eben nicht, und so ist man völlig machtlos. Wenn also Gäste ins Haus kommen, bleibt sie in ihren eigenen Räumen, im zweiten Stock . . .»

Inzwischen mußte der Wagen bei der Tankstelle vorgefahren sein, denn das Nächste, an das ich mich zu erinnern vermag, ist, wie Mr. Aziz dasaß und mich mit seinen schmalen, klugen schwarzen Augen anblickte und sagte: «Aber mein lieber Freund, Sie sollten sich das nicht derart zu Herzen nehmen. Beruhigen Sie sich, Mr. Cornelius, beruhigen Sie sich! Für Sie besteht absolut kein Grund zur Sorge. Es ist keine besonders ansteckende Krankheit. Man muß schon sehr *intimen* Kontakt mit der kranken Person haben, um sich anzustecken . . .»

Ich stieg sehr langsam aus dem Auto und stand in der

Sonne. Der Araber mit dem von Krankheit gezeichneten Gesicht grinste mich an und sagte: «Keilriemen jetzt ganz fertig. Alles in Ordnung.» Ich griff in meine Tasche nach Zigaretten, aber meine Hand zitterte so heftig, daß ich das Päckchen zur Erde fallen ließ. Ich bückte mich und hob es auf. Dann nahm ich eine Zigarette heraus und schaffte es, sie anzuzünden. Als ich wieder aufblickte, sah ich, wie der grüne Rolls-Royce, schon etwa einen Kilometer entfernt, mit großer Geschwindigkeit die Straße dahinfuhr.

Wildwechsel

An jenem Nachmittag waren etwa vierzig Leute auf der Cocktailparty von Jerry und Samantha. Es war die übliche Clique, die übliche Unbequemlichkeit, das übliche schreckliche Gelärm. Die Leute standen dicht beieinander, und man mußte schreien, um sich verständlich zu machen. Viele lächelten breit und zeigten ihre weißen Jacketkronen. Die meisten hielten in der linken Hand eine Zigarette, in der rechten einen Drink.

Ich entfernte mich von Mary, meiner Frau, und der Gruppe, bei der sie stand. Ich steuerte auf die kleine Bar in der entfernten Ecke zu und setzte mich dort auf einen Barhocker und sah mich in dem Raum um. Ich tat dies, um mir all die Frauen zu betrachten. Ich lehnte mich mit den Schultern an das Bargeländer, nippte an meinem Scotch und begutachtete über den Rand meines Glases hinweg eine Frau nach der anderen.

Ich studierte nicht ihre Figuren, sondern ihre Gesichter, und was mich daran interessierte, war nicht so sehr das Gesicht selbst, sondern der große rote, bewegliche Fleck in der Mitte der Gesichter, der Mund. Genaugenommen war es nicht einmal der ganze Mund, sondern nur die Unterlippe. Die Unterlippe, so hatte ich kürzlich entschieden, war der große Verräter. Sie offenbarte mehr als die Augen. Die Augen verbargen ihre Geheimnisse. Die Unterlippe verbarg kaum etwas. Nehmen wir zum Beispiel die Unterlippe von Jacinth Winkleman, die mir gerade am nächsten stand. Man beachte die Linien auf dieser Lippe, von denen einige parallel und andere strahlenförmig nach außen liefen. Es gibt keine zwei Menschen mit dem gleichen Lippenlinienmuster. Und wenn man es recht bedenkt, könnte man sogar einen Verbrecher erwischen, wenn sein Lippenabdruck in den Akten wäre und wenn er am Schauplatz des Verbrechens noch einen Drink genommen hätte. An der Unterlippe saugt und nagt man, wenn man die Fassung verliert, und genau das tat Martha Sullivan in eben diesem Augenblick, während sie aus einer gewissen Entfernung ihren Schwachkopf von Mann beobachtete, wie er Judy Martinson besabberte. Man leckt sich die Lippen, wenn man scharf ist. Das sah ich bei Ginny Lomax, die ihre Lippen mit der Zungenspitze benetzte, während sie neben Ted Dorling stand und in sein Gesicht hochäugte. Es war ein bedächtiges, wollüstiges Lecken, bei dem die Zunge langsam herauskam und langsam und feucht die ganze Unterlippe entlangstrich. Ich sah Ted Dorling auf Ginnys Zunge blicken, und genau das war es, was sie von ihm wollte.

Es scheint tatsächlich so zu sein, sagte ich mir, während meine Augen im Zimmer von Unterlippe zu Unterlippe wanderten, daß sich all die weniger attraktiven Züge des menschlichen Wesens, Arroganz, Habgier, Gefräßigkeit, Lüsternheit und all das andere – deutlich auf dem kleinen scharlachroten Hautpanzer abzeichnen. Man muß nur den Code kennen. Die vorstehende oder stark gewölbte Unterlippe weist angeblich auf große Sinnlichkeit hin. Aber das stimmt bei Männern nur halb und bei Frauen überhaupt nicht. Bei Frauen sollte man auf die dünne Linie achten, die schmale Klinge mit dem scharf gezeichneten unteren Rand. Und bei der Nymphomanin wird die Unterlippe genau in der Mitte von einem winzigen, eben noch sichtbaren Hautkamm gekrönt. Bei Samantha, der Gastgeberin, war das der Fall.

Wo war sie eigentlich, Samantha?

Ah, da drüben stand sie ja. Sie nahm einem Gast gerade ein leeres Glas aus der Hand. Jetzt kam sie zu mir herüber, um es wieder zu füllen.

«Hallo, Vic», sagte sie. «Ganz allein?»

Sie ist doch eine Nymphomanin, dieses Vögelchen, sagte ich mir. Aber sie ist ein sehr seltenes Exemplar dieser Gattung, weil sie absolut monogam ist. Sie ist eine verheiratete monogame Nymphomanin, ein Vögelchen, das niemals das eigene Nest verläßt.

Sie ist auch die leckerste Frau, auf die ich je in meinem Leben ein Auge geworfen habe.

«Kann ich dir helfen?» fragte ich, während ich dastand und ihr das Glas aus der Hand nahm. «Was wird verlangt?»

«Wodka on the Rocks», sagte sie. «Danke, Vic.» Sie legte ihren lieblichen langen weißen Arm auf die Bartheke und beugte sich vor, so daß ihr Busen auf dem Bargeländer ruhte und dabei nach oben gedrückt wurde. «Hoppla», sagte ich, weil ich den Wodka neben das Glas gegossen hatte.

Samantha sah mich mit riesigen braunen Augen an, sagte aber nichts.

«Ich werde es wegwischen», sagte ich.

Sie nahm mir das wieder gefüllte Glas ab und ging fort. Ich beobachtete, wie sie ging. Sie trug eine schwarze Hose, die am Po so eng saß, daß sich der kleinste Leberfleck oder Pickel durch den Stoff abgezeichnet hätte. Aber Samantha Rainbows Hinterteil war makellos. Ich ertappte mich dabei, wie ich mir die Unterlippe leckte. Stimmt, dachte ich. Die will ich. Meine Güte, wie scharf ich auf diese Frau bin! Aber ein Versuch wäre zu riskant. Es wäre Selbstmord, sich an ein solches Mädchen heranzumachen. Erstens wohnt sie schon mal nebenan, was zu nahe ist. Zweitens ist sie, wie ich schon sagte, monogam. Drittens sind sie und Mary, meine Frau, die dicksten Freundinnen. Sie tauschen dunkle Frauengeheimnisse aus. Viertens ist ihr Mann Jerry ein sehr alter und guter Freund von mir, und nicht einmal mir, Victor Hammond, würde es im Traum einfallen, die Frau eines Mannes zu verführen, der ein sehr alter und treuer Freund von mir ist. Und wenn ich auch vor Lust verbrannte.

Es sei denn ...

In diesem Augenblick, als ich auf dem Barhocker saß und mir die Lippen leckte nach Samantha Rainbow, begann ganz langsam eine interessante Idee in das Zentrum meines Gehirns zu sickern. Ich verhielt mich ruhig und erlaubte der Idee, sich dort auszubreiten. Ich verfolgte Samantha mit den Augen quer durch das Zimmer und begann, sie in das Rahmenwerk meiner Idee einzufügen. Oh, Samantha, mein prächtiges, saftiges kleines Juwel, dich kriege ich noch.

Aber konnte man ernstlich hoffen, daß ein so irrer Coup gelang?

Nein, nicht in einer Million Nächten.

Man konnte es nicht einmal *versuchen*, wenn Jerry nicht einverstanden war. Warum also darüber nachdenken?

Samantha stand ungefähr sechs Meter von mir entfernt und sprach mit Gilbert Mackesy. Die Finger ihrer rechten Hand umschlossen ein hohes Glas. Ihre Finger waren lang und mit ziemlicher Sicherheit äußerst geschickt.

Angenommen, nur zum Spaß, Jerry war doch einverstanden – dann mußte man immer noch riesige Hindernisse überwinden. Da war zum Beispiel die Kleinigkeit mit den körperlichen Merkmalen. Ich hatte Jerry oft im Klub nach dem Tennis unter der Dusche gesehen, aber im Moment konnte ich mich beim besten Willen nicht an die notwendigen Einzelheiten erinnern. Es war nichts, auf das man sehr achtete. Meist schaute man nicht einmal hin.

Auf jeden Fall war es Wahnsinn, Jerry geradeheraus den Vorschlag zu machen. *So* gut kannte ich ihn auch wieder nicht. Unter Umständen war er entsetzt. Er konnte sogar gemein werden. Es konnte eine häßliche Szene geben. Ich mußte ihn deshalb auf irgendeine subtile Art testen.

«Weißt du was», sagte ich ungefähr eine Stunde später

zu Jerry, als wir zusammen auf dem Sofa saßen und noch ein letztes Glas tranken. Die Gäste verzogen sich langsam, und Samantha stand an der Tür und sagte jedem, der ging, auf Wiedersehen. Mary stand auf der Terrasse und unterhielt sich mit Bob Swain. Ich konnte sie durch die geöffneten Flügeltüren sehen. «Soll ich dir was Komisches erzählen?» sagte ich zu Jerry, während wir zusammen auf dem Sofa saßen.

«Schieß los», sagte Jerry.

«Jemand, mit dem ich heute zu Mittag gegessen habe, hat mir eine phantastische Geschichte erzählt. Ganz unglaublich.»

«Ja?» sagte Jerry. Der Whisky hatte ihn müde werden lassen.

«Dieser Mann, der, mit dem ich gegessen habe, war ganz verrückt nach der Frau eines Freundes, der bei ihm in der Nähe wohnte. Und sein Freund war genauso scharf auf die Frau des Mannes, mit dem ich gegessen habe. Verstehst du, was ich meine?»

«Du meinst, zwei Kerle, die nahe zusammen wohnten, hatten beide ein Auge auf die Frau des anderen geworfen.»

«Genau», sagte ich.

«Dann gab es doch kein Problem», sagte Jerry.

«Es gab ein sehr großes Problem», sagte ich. «Die Ehefrauen waren beide sehr treu und anständig.»

«Wie Samantha», sagte Jerry. «Sie würde nie einen anderen Mann ansehen.»

«Mary auch nicht», sagte ich. «Sie ist ein gutes Mädchen.»

Jerry leerte sein Glas und stellte es vorsichtig auf den Couchtisch. «Wie geht deine Geschichte aus?» fragte er. «Klingt nach einer Schweinerei.»

«Was passierte», sagte ich, «war folgendes. Die geilen Böcke heckten einen Plan aus, der es ihnen möglich machte, mit der Frau des anderen zu bumsen, ohne daß die Frauen es je mitkriegten. Wenn man so etwas glauben soll.»

«Wie haben sie's gemacht?» fragte Jerry. «Mit Chloroform?»

«Keineswegs. Die beiden Frauen waren bei vollem Bewußtsein.»

«Ausgeschlossen», sagte Jerry. «Man hat dir einen Bären aufgebunden.»

«Ich glaube nicht», sagte ich. «So, wie dieser Mann es mir erzählt hat, mit allen Einzelheiten und so, glaube ich nicht, daß er sich das aus den Fingern gesogen hat. Im Gegenteil, ich bin sicher, das war nicht der Fall. Und hör zu, sie haben es nicht nur einmal gemacht. Sie treiben dieses Spielchen nun schon seit Monaten alle zwei oder drei Wochen.»

«Und die Frauen wissen es nicht?»

«Sie haben keine Ahnung.»

«Das mußt du mir genau erzählen», sagte Jerry. «Aber zuerst wollen wir uns noch einen Drink holen.»

Wir gingen zur Bar, füllten unsere Gläser und kehrten zum Sofa zurück.

«Du mußt bedenken», sagte ich, «daß sie vorher eine Menge vorbereiten und proben mußten. Und sie mußten

einander viele intime Informationen geben, damit der Plan
eine Chance hatte. Aber im wesentlichen sah das Projekt so
aus: Sie bestimmten eine Nacht, sagen wir mal Samstag. In
dieser Nacht mußten die Männer und Frauen wie üblich zu
Bett gehen, sagen wir mal, um elf oder halb zwölf. Von da
an mußten sie alles genauso machen wie sonst. Vielleicht
ein bißchen lesen, ein bißchen reden, und dann das Licht
aus. Wenn das Licht aus war, sollten sich die Männer sofort
auf die andere Seite drehen und so tun, als ob sie einschlie-
fen. Das sollte die Frauen davon abhalten, scharf zu werden, was in diesem Stadium auf keinen Fall willkommen
war. Die Frauen schliefen also ein. Aber die Männer blieben wach. So weit, so gut.

Dann, genau um ein Uhr, als die Frauen fest und tief
schliefen, mußte jeder Mann leise aus dem Bett kriechen,
seine Hausschuhe anziehen und im Pyjama die Treppe
hinunterschleichen. Er mußte die Haustür öffnen und in
die Dunkelheit hinausgehen, wobei er darauf zu achten
hatte, daß er die Tür nicht hinter sich schloß. Sie wohnten sich fast gegenüber», fuhr ich fort. «Es war ein
ruhiger Vorort, und um jene Zeit war selten jemand auf
der Straße. So gingen diese beiden Pyjamagestalten verstohlen aneinander vorbei, als sie die Straße überquerten,
jeder auf dem Weg zum Haus, zum Bett und zur Frau
des anderen.»

Jerry hörte mir aufmerksam zu. Seine Augen waren vom
Trinken ein bißchen verschleiert, aber er achtete auf jedes
Wort.

«Die nächsten Schritte», sagte ich, «waren von beiden

Männern sehr sorgfältig vorbereitet. Jeder kannte sich im Haus des anderen fast so gut aus wie im eigenen. Er wußte im Dunkeln den Weg nach oben wie nach unten zu finden, ohne ein Möbelstück umzuwerfen. Er wußte, wo die Treppe lag und wie viele Stufen es nach oben waren, er wußte, welche knarrten und welche nicht. Er wußte sogar, auf welcher Seite des Bettes die Frau oben schlief.

Sie zogen beide die Hausschuhe aus und ließen sie in der Diele stehen, dann schlichen sie barfuß im Pyjama die Treppe hinauf. Dieser Teil, sagt mein Bekannter, war ziemlich aufregend. Schließlich befand er sich in einem dunklen, stillen Haus, das nicht sein eigenes war, und auf dem Weg zum Elternschlafzimmer mußte er an nicht weniger als drei Kinderzimmern vorbeigehen, deren Türen nur angelehnt waren.»

«Kinder!» rief Jerry. «Mein Gott, und wenn eines von ihnen nun aufgewacht wäre und gerufen hätte: ‹Bist du es, Daddy?›»

«Das war alles eingeplant», sagte ich. «Dann wäre sofort der Plan für den Notfall in Kraft getreten. Auch wenn der Mann gerade ins Zimmer geschlichen und die Frau aufgewacht wäre und gesagt hätte: ‹Liebling, was ist los? Warum läufst du noch herum?› Auch dann – der Plan für den Notfall . . .»

«Was war das für ein Plan?» sagte Jerry.

«Ganz einfach», antwortete ich. «Der Mann wäre sofort nach unten gesaust, zur Haustür hinaus, rüber zum Haus und hätte dort auf die Klingel gedrückt. Das war für den anderen Typ, einerlei was er gerade machte, das Signal, ebenfalls mit Höchstgeschwindigkeit nach unten zu sausen, die Tür zu öffnen und den anderen hereinzulassen, während er hinauseilte. So wäre jeder schnell in sein eigenes Haus zurückgekommen.»

«Schamrot im Gesicht», sagte Jerry.

«Keineswegs», sagte ich.

«Die Klingelei hätte doch das ganze Haus geweckt», sagte Jerry.

«Natürlich», sagte ich. «Und wenn der Mann wieder im Pyjama nach oben gekommen wäre, hätte er einfach gesagt: ‹Ich wollte nachsehen, wer um diese gottverdammte Zeit noch klingelt. Es war aber niemand da. Muß wohl ein Betrunkener gewesen sein.›»

«Und der andere Bursche?» fragte Jerry. «Wie hätte er erklären sollen, daß er gerade in dem Augenblick nach unten sauste, in dem seine Frau oder sein Kind mit ihm redeten?»

«Er hätte gesagt: ‹Ich hörte, wie draußen jemand herumschlich, also sauste ich runter, um ihn zu erwischen, aber er ist geflüchtet.› – ‹Hast du ihn wirklich gesehen?› hätte seine Frau ängstlich gefragt. ‹Natürlich hab ich ihn gesehen›, hätte der Mann geantwortet. ‹Er rannte wie verrückt die Straße runter. Ich hätte ihn nicht mehr eingeholt.› Worauf sie den Mann zu seiner Tapferkeit heiß beglückwünscht hätte.»

«Okay», sagte Jerry. «Das ist der leichte Teil. Bisher war es nur eine Sache des exakten Planens und der Zeiteinteilung. Aber was passiert, wenn diese geilen Typen tatsächlich zur Frau des anderen ins Bett kriechen?»

«Sie legen sofort los», sagte ich.

«Die Frauen schlafen», sagte Jerry.

«Ich weiß», sagte ich. «Also fangen sie sofort mit irgendeinem sanften, aber sehr geschickten Liebesspiel an, und wenn die Damen erst mal richtig wach geworden sind, sind sie auch im Handumdrehen so scharf wie Klapperschlangen.»

«Geredet wird nicht, nehme ich an», sagte Jerry.

«Kein Wort.»

«Okay, die Frauen sind also wach», sagte Jerry. «Die Männer fangen an zu fummeln. Da ist zunächst mal die simple Frage nach ihrer Größe zu stellen. Wenn der andere nun nicht genauso groß ist wie der Ehemann? Wenn er größer oder kleiner oder dicker oder dünner ist? Du willst mir doch nicht einreden, daß diese beiden Männer von Statur völlig gleich waren?»

«Nicht gleich, natürlich nicht», sagte ich. «Aber sie ähnelten sich mehr oder weniger in Größe und Körperbau. Das war wesentlich. Sie waren beide glattrasiert und hatten ungefähr gleich viel Haare auf dem Kopf. Diese Ähnlichkeit ist nicht selten. Sieh zum Beispiel mal dich und mich an. Wir sind doch ungefähr gleich groß und gleich gebaut, oder?»

«Sind wir?» fragte Jerry.

«Wie groß bist du?» fragte ich.

«Genau einsachtzig.»

«Ich bin einsachtundsiebzig», sagte ich. «Zwei Zentimeter Unterschied. Wieviel wiegst du?»

«Achtzig Kilo.»

«Und ich achtundsiebzigeinhalb», sagte ich. «Was sind schon drei Pfund unter Freunden?»

Es entstand eine Pause. Jerry blickte durch die Flügeltüren auf die Terrasse hinaus, wo meine Frau Mary stand. Mary sprach immer noch mit Bob Swain, und die Abendsonne glänzte in ihren Haaren. Sie war ein hübsches brünettes Mädchen und hatte einen schönen Busen. Ich beobachtete Jerry. Ich sah, wie seine Zunge hervorkam und auf seiner Unterlippe entlangglitt.

«Ich nehme an, du hast recht», sagte Jerry. «Vermutlich sind wir ungefähr gleich groß, du und ich.» Als er sich wieder umdrehte und mich ansah, war oben auf jeder Wange ein kleiner roter Fleck zu bemerken.

«Erzähl weiter von diesen beiden Männern», sagte er. «Was war mit den anderen Unterschieden?»

«Du meinst die Gesichter?» fragte ich. «Gesichter erkennt man im Dunkeln nicht.»

«Ich rede nicht von den Gesichtern», sagte Jerry.

«Wovon redest du dann?»

«Ich rede von ihren Schwänzen», sagte Jerry. «Das ist doch wohl das Wichtigste, oder? Und du willst mir doch nicht erzählen . . .»

«Doch, das will ich», sagte ich. «Beide Männer waren eben beschnitten oder nicht beschnitten, und so gab es wirklich kein Problem.»

«Willst du damit im Ernst sagen, daß alle Männer die gleiche Schwanzgröße haben?» meinte Jerry. «Das haben sie nämlich nicht.»

«Ich weiß, daß sie es nicht haben», sagte ich.

«Manche sind riesig», sagte Jerry. «Und manche sind winzig.»

«Natürlich gibt es immer Ausnahmen», sagte ich. «Aber du würdest dich wundern, wie viele Männer da praktisch die gleichen Maße haben – oder sich da nur unwesentlich unterscheiden. Mein Freund sagt, das trifft für neunzig Prozent aller Männer zu. Nur zehn Prozent hätten entweder größere oder kleinere.»

«Das kann ich nicht glauben», sagte Jerry.

«Prüf's gelegentlich nach», sagte ich. «Frag ein Mädchen, das etwas von der Welt gesehen hat.»

Jerry trank einen kräftigen Schluck Whisky, und dann starrte er über den Rand seines Glases hinweg wieder zur Terrasse hinaus, wo noch immer Mary stand. «Und alles andere?» fragte er.

«Kein Problem», sagte ich.

«Kein Problem? Von wegen!» sagte er. «Soll ich dir einmal sagen, warum diese Geschichte erstunken und erlogen ist?»

«Na los.»

«Jedermann weiß, daß ein Mann und eine Frau, die ein paar Jahre verheiratet sind, eine Art Routine entwickeln. Das ist ganz unvermeidlich. Mein Gott, ein neuer Partner würde sofort erkannt. Das weißt du selbst ganz genau. Man kann nicht plötzlich mit einem völlig neuen Stil loslegen und erwarten, daß die Frau es nicht merkt, und dabei ist es ganz egal, wie scharf sie ist. Sie würde den Braten schon in der ersten Minute riechen!»

«So eine Routine läßt sich doch nachvollziehen», sagte

ich, «sofern einen der andere zuvor unterrichtet hat.»

«Ein bißchen reichlich persönlich», sagte Jerry.

«Das Ganze ist sehr persönlich», sagte ich. «Jeder erzählt dem anderen seine privaten Dinge, erzählt ihm genau, was er macht, erzählt ihm alles. Mit allem Drum und Dran. Die ganze Routine von Anfang bis Ende.»

«Heiland!» sagte Jerry.

«Jeder der Männer», sagte ich, «muß eine neue Rolle lernen. Er muß ein wirklicher Schauspieler werden. Er muß den anderen verkörpern.»

«Nicht so einfach», sagte Jerry.

«Kein Problem, wenn ich meinem Freund glauben soll. Das einzige, worauf man achten muß, ist, daß man sich nicht fortreißen läßt und zu improvisieren beginnt. Man muß den Regieanweisungen ganz genau folgen und sich streng an sie halten.»

Jerry trank wieder einen Schluck aus seinem Glas. Und er warf auch wieder einen Blick auf die Terrasse, auf Mary. Dann lehnte er sich, das Glas in der Hand, im Sofa zurück.

«Man braucht schon Mumm dazu», sagte ich.

«Die Party ist zu Ende», sagte Jerry. «Sie gehen mit ihren gottverdammten Weibern endlich nach Hause.»

Ich sagte danach nichts mehr. Wir saßen noch ein paar Minuten da und nippten an unseren Drinks, während die Gäste zu der Tür hindrängten, die zur Diele hinausführte. Jerry runzelte die Stirn und starrte in sein Glas.

«Hat er gesagt, daß es Spaß gemacht hat, dieser Freund da von dir?» fragte er plötzlich.

«Er sagte, es war Spitze», antwortete ich. «Er sagte, das

normale Vergnügen wird um hundert Prozent gesteigert, wegen der Gefahr. Er schwor, es sei die aufregendste Art der Welt zu bumsen, wenn man den Ehemann spielt, und die Frau weiß es nicht.»

In diesem Augenblick kam Mary mit Bob Swain durch die Flügeltür herein. Sie hatte in der einen Hand ein leeres Glas und in der anderen eine feuerrote Azaleenblüte, die sie auf der Terrasse gefunden hatte.

«Ich habe dich beobachtet», sagte sie und richtete die Azalee wie eine Pistole auf mich. «Du hast die letzten zehn Minuten fast ununterbrochen geredet. Was hat er dir denn da bloß erzählt, Jerry?»

«Eine unanständige Geschichte», sagte Jerry grinsend.

«Das tut er, wenn er trinkt», sagte Mary.

«Eine gute Geschichte», sagte Jerry. «Aber völlig unmöglich. Bring ihn dazu, daß er sie dir auch mal erzählt.»

«Ich mag keine unanständigen Geschichten», sagte Mary. «Komm, Vic. Es ist Zeit, daß wir gehen.»

«Geht noch nicht», sagte Jerry, die Augen auf ihren großartigen Busen gerichtet. «Trinken wir doch noch ein Glas.»

«Nein, danke», sagte Mary. «Die Kinder müssen noch ihr Abendessen bekommen. Ich habe mich glänzend amüsiert.»

«Kriege ich denn keinen Gutenachtkuß von dir?» fragte Jerry und stand vom Sofa auf. Er suchte ihren Mund, aber sie drehte schnell den Kopf zur Seite, so daß er nur den Rand ihrer Wange erwischte. «Geh, Jerry», sagte sie. «Du bist betrunken.»

«Nicht betrunken», sagte Jerry. «Nur geil.»

«Untersteh dich, bei mir geil zu sein, mein Junge», sagte Mary scharf. «Ich hasse solche Reden.» Sie marschierte quer durchs Zimmer fort, ihren Busen wie einen Rammbock vor sich her tragend.

«Auf Wiedersehen, Jerry», sagte ich. «War nett, die Party.»

Mary wartete mit finsterer Miene in der Diele auf mich. Auch Samantha stand dort, um sich von den letzten Gästen zu verabschieden. Samantha mit ihren geschickten Fingern und ihrer glatten Haut und ihren glatten, gefährlichen Schenkeln. «Na, Vic, warum so ernst?» sagte sie lächelnd zu mir, und ihre Zähne blitzten. Sie sah aus wie die Schöpfung selbst, der Beginn der Welt, wie der erste Morgen. «Gute Nacht, mein Lieber», sagte sie und bohrte mir ihre Finger in den Bauch. Ich verließ mit Mary das Haus.

«Ist was mit dir?» fragte Mary.

«Nein», sagte ich. «Warum?»

«Wenn man sieht, wieviel du trinkst, kann einem ganz schlecht werden», sagte sie.

Zwischen unserem und Jerrys Grundstück gab es eine struppige alte Hecke mit einer Lücke darin, die wir immer als Durchlaß benutzten. Mary und ich durchschritten sie schweigend. Wir betraten das Haus, sie machte einen Berg Rührei mit Schinkenspeck, und wir aßen mit den Kindern zu Abend.

Nach dem Essen schlenderte ich nach draußen. Es war ein klarer, kühler Sommerabend, und da ich nichts anderes zu tun hatte, beschloß ich, den Rasen vor dem Haus zu mähen. Ich holte den Rasenmäher aus dem Schuppen und brachte ihn in Gang. Dann begann ich, wie gewohnt hinter ihm vor und zurück zu marschieren. Ich mähe gern Gras. Es ist eine beruhigende Tätigkeit, und von unserem vorderen Rasen aus konnte ich immer Samanthas Haus sehen, wenn ich in die eine Richtung ging, und wenn ich in die andere ging, konnte ich über sie nachdenken.

Ich war ungefähr seit zehn Minuten beim Mähen, als Jerry durch die Lücke in der Hecke spaziert kam. Er rauchte Pfeife und hatte die Hände in den Taschen. Am Rand des Rasens blieb er stehen und sah mir zu. Ich hielt mit dem Mäher bei ihm an, ließ den Motor aber weitertukkern.

«Hallo, Kumpel», sagte er. «Wie steht's denn so?»

«Ich bin in Ungnade gefallen», sagte ich. «Und du auch.»

«Deine kleine Frau», sagte er, «ist eben verdammt zimperlich und spröde, um ehrlich zu sein.»

«Da erzählst du mir nichts Neues.»

«Sie hat mich in meinem eigenen Haus runtergeputzt», sagte Jerry.

«Das war doch nicht so schlimm», sagte ich.

«Schlimm genug», sagte er lächelnd.

«Wirklich?»

«Na, jedenfalls genug, daß ich es ihr heimzahlen möchte. Was würdest du davon halten», sagte er, «wenn ich vorschlüge, daß wir auch mal ausprobieren, was dir dein Freund da beim Mittagessen erzählt hat?»

Als er das sagte, fühlte ich eine solche Welle der Erregung, daß mir ganz anders im Magen wurde. Ich packte die Griffe des Rasenmähers und brachte den Motor wieder auf Touren.

«Habe ich etwa was Falsches gesagt?» fragte Jerry.

Ich antwortete nicht.

«Hör zu», sagte er. «Wenn du findest, daß es eine miese Idee ist, will ich nichts gesagt haben. Du bist doch nicht etwa wütend auf mich, oder?»

«Ich bin nicht wütend auf dich, Jerry», sagte ich. «Nur ist mir nie der Gedanke in den Kopf gekommen, daß *wir* es machen sollten.»

«Aber in meinen», sagte er. «Der Schauplatz hier ist wie geschaffen dazu. Wir brauchen nicht einmal die Straße zu überqueren.» Sein Gesicht leuchtete plötzlich, und seine Augen glänzten wie zwei Sterne. «Also, was sagst du dazu, Vic?»

«Ich denke nach», sagte ich.

«Vielleicht liegt dir Samantha nicht.»

«Ich habe darüber nie nachgedacht.»

«Es macht Spaß mit ihr», sagte Jerry. «Das garantiere ich dir.»

In diesem Moment kam Mary auf die Veranda vor unserem Haus. «Da kommt Mary», sagte ich. «Sie sucht die Kinder. Laß uns morgen darüber sprechen.»

«Es ist also abgemacht?»

«Schon möglich, Jerry. Aber nur unter der Bedingung, daß wir nichts übereilen. Bevor wir anfangen, möchte ich absolut sicher sein, daß alles stimmt. Immerhin wäre es, verdammt noch mal, eine ganz neue Masche.»

«Das stimmt nicht», widersprach er. «Dein Freund hielt es für einen tollen Spaß. Er hat doch gesagt, es sei einfach, denke ich.»

«Na ja», sagte ich. «Mein Freund. Natürlich. Aber schließlich liegt jeder Fall anders.» Ich gab dem Rasenmäher Vollgas und ließ ihn über das Gras dahinrattern. Als ich zum anderen Ende kam und wendete, war Jerry bereits durch die Lücke in der Hecke geschlüpft und ging auf sein Haus zu.

Die nächsten zwei Wochen waren für Jerry und mich eine Zeit der geheimen Verschwörung. Wir trafen uns unauffällig in Bars und Restaurants, um über unsere Strategie zu beraten, und manchmal kam er nach Feierabend in mein Büro, und wir hielten Kriegsrat hinter verschlossenen Türen. Immer, wenn wir an einen kritischen Punkt kamen, pflegte Jerry zu sagen: «Wie hat's denn dein Freund gemacht?» Und ich stellte mich dumm und sagte: «Ich werde ihn anrufen und ihn danach fragen.»

Nach vielen Beratungen und viel Gerede einigten wir uns auf folgende Hauptpunkte:

1. Der Tag X sollte ein Samstag sein.

2. Am Abend dieses Tages wollten wir unsere Frauen zu einem gemeinsamen Essen ausführen.

3. Jerry und ich wollten in der Nacht zum Sonntag Punkt ein Uhr unsere Häuser verlassen und durch die Lücke in der Hecke schlüpfen.

4. Statt bis ein Uhr im Dunkeln im Bett zu liegen, sollten wir beide – sobald unsere Frauen eingeschlafen waren – leise in die Küche hinuntergehen und Kaffee trinken.

5. Im Notfall wollten wir zu dem Trick mit der Türklingel greifen.

6. Der Wildwechsel durch die Hecke war genau auf zwei Uhr morgens festgelegt.

7. Während des Aufenthalts im fremden Bett sollten Fragen der Frauen (falls welche gestellt wurden) durch ein mit fest geschlossenen Lippen gebrummtes «Hm-hm» beantwortet werden.

8. Ich selbst mußte sofort vom Zigarettenrauchen zur Pfeife überwechseln, um ebenso wie Jerry zu «riechen».

9. Wir wollten ab sofort das gleiche Haaröl und Rasierwasser benutzen.

10. Da wir beide normalerweise unsere Armbanduhren im Bett anbehielten und sie fast die gleiche Form hatten, beschlossen wir, sie nicht auszuwechseln. Keiner von uns trug Ringe.

11. Jeder von uns mußte etwas Ungewöhnliches an sich haben, das die Frau als zweifelsfrei zu ihrem Mann gehörig erkennen würde. Wir erfanden dafür den sogenannten Heftpflaster-Trick. Das funktionierte so: Wenn am Abend des Tages X die beiden Paare nach dem gemeinsamen Abendessen wieder in ihre Häuser zurückgekehrt waren, mußten wir Ehemänner um jeden Preis in die Küche gehen und uns ein Stück Käse abschneiden. Bei dieser Gelegenheit würde jeder von uns beiden sich sorgfältig ein Stück Heftpflaster über die Kuppe des rechten Zeigefingers kleben. Danach sollte jeder den Finger hochhalten und zu seiner Frau sagen: «Ich habe mich in den Finger geschnitten. Nicht schlimm, aber es blutet ein bißchen.» Wenn wir

Männer dann später die Betten getauscht hatten, würde jede Frau sehr deutlich die mit Heftpflaster beklebte Fingerkuppe spüren (der Mann würde dafür sorgen) und diese unwillkürlich mit ihrem Ehemann assoziieren. Dieser wichtige psychologische Trick sollte auch den winzigsten Verdacht ersticken, der bei einer der beiden Frauen aufkeimen konnte.

Das war also der Grundplan. Als nächstes kam das, was wir in unseren Notizen als «Sich-mit-der-Umgebung-vertraut-Machen» bezeichneten. Jerry unterrichtete mich zuerst. Als an einem Sonntagnachmittag seine Frau und seine Kinder weg waren, gab er mir in seinem Haus drei Stunden Intensivtraining. Ich war noch nie zuvor in ihrem Schlafzimmer gewesen. Auf Samanthas Frisiertisch waren ihre Parfums, ihre Haarbürsten und all ihre anderen Kleinigkeiten. Ein Paar Strümpfe von ihr hing über einer Stuhllehne. Ihr weiß-blaues Nachthemd hing hinter der ins Badezimmer führenden Tür.

«Also gut», sagte Jerry. «Wenn du hereinkommst, wird es stockfinster sein. Samantha schläft auf dieser Seite. Du mußt also auf Zehenspitzen um das Fußende des Bettes herumschleichen und hier drüben an der anderen Seite hineinschlüpfen. Ich binde dir eben mal die Augen zu, und dann versuchst du's mal.» Bei diesem Blindekuhspiel torkelte ich zuerst wie ein Betrunkener durch das Zimmer. Aber nach ungefähr einer Stunde konnte ich ziemlich genau meinen Kurs halten. Bevor Jerry sich jedoch zufriedengab, mußte ich mit verbundenen Augen den ganzen Weg von der Haustür durch die Diele, die Treppe hinauf, am Kinderzimmer vorbei ins Schlafzimmer gehen und schließlich an der richtigen Stelle ankommen. Und das mußte ich geräuschlos tun, wie ein Dieb in der Nacht. All das erforderte drei Stunden harte Arbeit, aber schließlich war ich perfekt.

Am nächsten Sonntagmorgen, als Mary mit unseren Kindern zur Kirche gegangen war, erhielt Jerry die gleiche Art Training in unserem Haus. Er war gelehriger als ich und bestand den Blindentest binnen einer Stunde ohne den geringsten Fehltritt.

Bei diesem Treffen beschlossen wir auch, als erstes die Stecker der Nachttischlampen der Frauen herauszuziehen, sobald wir im Schlafzimmer waren. Jerry übte mit verbundenen Augen das Suchen und Herausziehen des Steckers, und am nächsten Wochenende konnte ich die gleiche Übung in Jerrys Haus hinter mich bringen.

Jetzt kam der bei weitem wichtigste Teil unseres Trainings. Wir nannten es die «Stunde der Wahrheit», weil wir jetzt beide in allen Einzelheiten unser Verhalten beim Liebesakt mit unseren Frauen beschreiben mußten. Wir beschlossen, etwaige exotische Varianten, die wir möglicherweise gelegentlich praktizierten, zu übergehen. Wir unterrichteten uns nur gegenseitig über die gemeinhin geübte Routine, die am wenigsten Mißtrauen erwecken konnte.

Diese Besprechung fand am Mittwochabend um sechs in meinem Büro statt, nachdem alle anderen nach Hause gegangen waren. Anfangs waren wir beide ein wenig verlegen, und keiner wollte damit anfangen. Deshalb holte ich

die Whiskyflasche hervor, und nach zwei kräftigen Drinks
waren wir enthemmt, und das Teach-in begann. Während
Jerry sprach, machte ich mir Notizen, und dann umgekehrt. Am Ende stellte sich heraus, daß der einzige größere
Unterschied zwischen Jerrys Praktiken und meinen im
Tempo bestand. Aber was für ein Unterschied das war! Er
ging in allem (falls seine Erklärungen stimmten) auf so
lässige Art vor und verlängerte die Phasen in so ungewöhn-
lichem Ausmaß, daß ich mich insgeheim fragte, ob nicht
seine Partnerin manchmal mittendrin einschlief. Es war
jedoch nicht meine Aufgabe zu kritisieren, sondern zu
imitieren, also sagte ich nichts.

Jerry war nicht so diskret. Nach meinem intimen Bericht hatte er die Frechheit zu fragen: «Machst du es wirklich so?»

«Was meinst du damit?» fragte ich zurück.

«Ich meine, ist das wirklich alles so schnell vorbei und
erledigt?»

«Hör zu», sagte ich leicht gereizt. «Wir sitzen hier nicht
zusammen, um einander Unterricht zu erteilen. Wir sind
hier, um die Fakten zu erfahren.»

«Ich weiß schon», sagte er. «Aber ich komme mir ein
bißchen blöd vor, wenn ich deinen Stil genau kopieren soll.
Mein Gott, bei dir geht das ja wie bei einem Schnellzug, der
durch einen Kleinstadtbahnhof saust!»

Ich starrte ihn mit offenem Munde an.

«Mach nicht ein so überraschtes Gesicht», sagte er. «So
wie du es mir erklärt hast, würde jeder denken . . .»

«Was denken?» fragte ich.

«Ach, lassen wir das», sagte er.

«Sehr rücksichtsvoll!» sagte ich.

Ich war wütend. Denn es gibt zwei Dinge auf dieser Welt, von denen ich zufällig weiß, daß ich mich ausgezeichnet darauf verstehe. Das eine ist Autofahren, und das andere ist . . . na, Sie wissen schon, was. Also ansehen zu müssen, wie er da saß und mir erklärte, ich hätte meiner eigenen Frau gegenüber nicht die richtige Verhaltensweise, das war schon eine ungeheuerliche Beleidigung. Er war es, der nicht Bescheid wußte, nicht ich. Arme Samantha. Was hatte sie all die Jahre hindurch über sich ergehen lassen müssen.

«Es tut mir leid, daß ich das überhaupt angeschnitten habe», sagte Jerry.

Er füllte unsere Whiskygläser auf.

«Prost auf den großen Weibertausch», sagte er und hob sein Glas. «Wann soll's denn nun sein?»

«Heute ist Mittwoch», sagte ich. «Wie wäre es am kommenden Samstag?»

«Jesus», sagte Jerry nur.

«Wir sollten es tun, solange wir alles noch frisch im Gedächtnis haben», sagte ich. «Es sind so schrecklich viele Kleinigkeiten zu bedenken!»

Jerry trat ans Fenster und schaute auf den Straßenverkehr hinab. «Okay», sagte er und drehte sich um. «Samstag ist der Tag des Herrn!»

Dann fuhren wir jeder in seinem Wagen nach Hause.

«Jerry und ich wollen dich und Samantha am Samstagabend zum Essen ausführen», sagte ich zu Mary. Wir waren in der Küche, und sie briet Hacksteaks für die Kinder.

Mit der Bratpfanne in der einen und dem Löffel in der anderen Hand drehte sie sich zu mir um. Ihre Augen blickten fest in die meinen. «Mein Gott, Vic», sagte sie. «Wie nett. Aber was feiern wir eigentlich?»

Ich erwiderte ihren festen Blick und sagte beiläufig: «Ich dachte, wir sollten zur Abwechslung wieder einmal ein paar neue Gesichter sehen. Immer sind wir mit der gleichen Clique von Leuten in den gleichen Häusern beisammen.»

Sie kam zu mir und küßte mich auf die Wange. «Was für ein guter Mann du bist», sagte sie. «Ich liebe dich.»

«Vergiß aber nicht, den Babysitter anzurufen.»

«Nein, ich mache es noch heute abend», sagte sie.

Donnerstag und Freitag vergingen sehr schnell, und plötzlich war es Samstag. Der Tag X war da! Schon beim Aufwachen war ich furchtbar aufgeregt. Nach dem Frühstück konnte ich nicht stillsitzen und beschloß daher, hinauszugehen und den Wagen zu waschen. Ich war mitten bei der Arbeit, als Jerry mit der Pfeife im Mundwinkel durch die Lücke in der Hecke herbeischlenderte.

«Hallo, Sportsfreund», sagte er, «heute ist der große Tag.»

«Ich weiß», sagte ich.

Ich hatte auch eine Pfeife im Mund und zwang mich, sie zu rauchen, aber ich hatte Mühe damit, sie in Brand zu halten, und der Rauch beizte mir die Zunge.

«Wie fühlst du dich?» fragte Jerry.

«Prächtig», sagte ich. «Und wie ist es mit dir?»

«Ich bin nervös», sagte er.

«Sei nicht nervös, Jerry.»

«Wir haben da ein ganz schönes Akrobatenstück vor», sagte er. «Ich hoffe, es gelingt uns.»

Ich polierte meine Windschutzscheibe. Noch nie hatte ich Jerry nervös erlebt. Sein Zustand beunruhigte mich etwas.

«Ich bin nur heilfroh, daß wir nicht die ersten sind, die diese Tour probieren», sagte er. «Wenn ich nicht wüßte, daß es andere schon zustande gebracht haben, würde ich es, glaube ich, lieber nicht riskieren.»

«Da stimme ich dir zu», sagte ich.

«Das einzige, was mich beruhigt», sagte er, «ist, daß dein Freund es so phantastisch einfach fand.»

«Mein Freund erklärte mir, es sei Klasse gewesen», sagte ich. «Aber um Himmels willen, Jerry, sei bloß nicht nervös, wenn es soweit ist. Das wäre eine Katastrophe.»

«Nur keine Angst», sagte er. «Aber verflucht noch mal, es ist schon einigermaßen aufregend.»

«Natürlich. Aufregend ist es schon», sagte ich.

«Hör zu», sagte er. «Wir sollten heute abend lieber nicht zu viel trinken.»

«Eine gute Idee», sagte ich. «Also bis halb neun.»

Um halb neun fuhren Samantha, Jerry, Mary und ich in Jerrys Wagen zu *Billy's Steak House*. Trotz seines Namens war das Restaurant erstklassig und teuer, und unsere Frauen hatten aus diesem Anlaß lange Kleider angezogen. Samantha trug etwas Grünes mit einem gewagt tiefen Aus-

schnitt, und ich fand ihr Aussehen verführerischer als je
zuvor.

Kerzen standen auf den Tischen. Samantha saß mir gegenüber, und immer, wenn sie sich vorneigte und das
Gesicht der Flamme näherte, bemerkte ich den winzigen
Hautkamm, der ihre Unterlippe krönte. «Also», sagte sie,
als der Kellner ihr die Karte reichte, «was soll ich heute
abend genießen?»

Hohoho, dachte ich, was für eine überaus passende
Frage.

Alles verlief harmonisch, und unseren Frauen machte es
offenbar viel Spaß. Es war Viertel vor zwölf, als wir vor
Jerrys Haus vorfuhren und Samantha sagte: «Kommt doch
noch herein auf einen Schlaftrunk.»

«Vielen Dank», sagte ich, «aber es ist ein bißchen spät.
Und der Babysitter muß noch heimgefahren werden.»

Mary und ich gingen also zu unserem Haus hinüber, und
während ich hineinging, sagte ich mir: *Von jetzt an beginnt
der Countdown. Ich muß einen klaren Kopf behalten und
darf nichts vergessen.*

Während Mary den Babysitter bezahlte, ging ich zum
Kühlschrank und fand ein Stück kanadischen Cheddarkä-
se. Ich nahm ein Messer aus dem Schubfach und einen
Streifen Heftpflaster aus dem Schrank. Nachdem ich das
Heftpflaster um die Kuppe meines rechten Zeigefingers
geklebt hatte, wartete ich, bis Mary sich umdrehte.

«Ich habe mich geschnitten», sagte ich und hielt den
Finger hoch. «Nicht schlimm, aber es hat ein wenig ge-
blutet.»

«Ich würde meinen, du hättest für heute abend genug gegessen», war alles, was sie sagte. Aber das Heftpflaster hatte sich ihr eingeprägt, und meine erste kleine Aufgabe war gelungen.

Ich fuhr den Babysitter heim, und als ich wieder oben im Schlafzimmer war, ging es auf Mitternacht zu. Mary hatte das Licht ausgemacht und war gerade am Einschlafen.

Ich knipste die Lampe auf meinem Nachttisch aus und ging ins Bad, um mich auszuziehen. Ich machte mir dort etwa zehn Minuten zu schaffen, und als ich wieder ins Schlafzimmer kam, schlief Mary, wie ich gehofft hatte, tief und fest. Es schien mir überflüssig, noch zu ihr ins Bett zu steigen. So schlug ich nur auf meiner Seite die Bettdecke zurück, um es Jerry zu erleichtern, und ging dann in meinen Hausschuhen nach unten in die Küche und stellte den Schnellkocher an. Es war jetzt null Uhr siebzehn. Ich hatte also noch dreiundvierzig Minuten vor mir.

Um null Uhr fünfunddreißig ging ich hinauf, um noch einmal bei Mary und den Kindern hineinzuschauen. Alles befand sich in tiefem Schlaf.

Um null Uhr fünfundfünfzig, also fünf Minuten vor Nullzeit, ging ich noch einmal zu einer letzten Prüfung hinauf. Ich trat ganz nahe an Marys Bett und flüsterte ihren Namen. Sie antwortete nicht. Gut. *Es ist soweit! Auf geht's!*

Ich zog einen braunen Regenmantel über meinen Schlafanzug. Dann schaltete ich in der Küche das Licht aus, so daß es überall im Haus dunkel war. Ich entriegelte das Schnappschloß der Eingangstür. Und dann trat ich mit einem Gefühl äußerster Hochstimmung leise in die Nacht hinaus.

In unserer Straße gab es keine Laternen. Kein Mond und kein Stern leuchtete am Himmel. Es war tiefschwarze Nacht, aber die Luft war warm, und von irgendwoher wehte eine leichte Brise.

Ich ging auf die Lücke in der Hecke zu. Erst aus nächster Nähe konnte ich die Hecke erkennen und die Lücke finden. Wartend blieb ich dort stehen. Dann hörte ich Jerrys Schritte auf mich zukommen.

«Hallo, Sportsfreund», flüsterte er. «Alles in Ordnung.»

«Alles für dich bereit», flüsterte ich zurück.

Er ging weiter. Ich hörte ihn in seinen Hausschuhen leise über den Rasen tappen, als er auf mein Haus zuging. Ich ging auf sein Haus zu.

Behutsam öffnete ich Jerrys Haustür. Drinnen war es noch dunkler als draußen. Vorsichtig schloß ich die Tür. Dann schlüpfte ich aus meinem Regenmantel und hängte ihn an den Türknauf. Ich zog meine Hausschuhe aus und stellte sie neben der Tür an die Wand. Dabei konnte ich im wahrsten Sinne des Wortes die Hand nicht vor den Augen sehen. Alles mußte tastend gemacht werden.

Du meine Güte, war ich froh, daß mich Jerry so lange mit verbundenen Augen hatte üben lassen. Ich tastete mich nicht mit dem Fuß vorwärts, sondern mit den Händen. Die Finger der einen oder der andren Hand waren nicht einen Augenblick ohne Kontakt mit einer Wand etwa, dem Treppengeländer, einem Möbelstück oder einem Fenstervorhang. Und ich wußte oder dachte doch, ich wüßte genau, wo ich mich jeweils befand. Aber es war ein schrecklich unheimliches Gefühl, mitten in der Nacht als Eindringling auf Zehenspitzen durch das Haus eines anderen zu schleichen. Während ich mich die Treppe emportastete, mußte ich an die Einbrecher denken, die im vergangenen Winter in unser Vorderzimmer eingedrungen waren und den Fernsehapparat gestohlen hatten. Als die Polizisten am nächsten Morgen kamen, zeigte ich ihnen einen großen Kothaufen im Schnee vor der Garage. «Das tun sie fast immer», erklärte mir einer der Polizisten. «Sie können nicht anders. Es ist die Angst.»

Ich erreichte die oberste Treppenstufe. Die Fingerspitzen an der Wand überquerte ich den Treppenabsatz. Dann ging ich den Gang entlang. Aber als meine Hand die Tür des ersten Kinderzimmers fand, hielt ich inne. Die Tür war angelehnt. Ich lauschte. Drinnen konnte ich den achtjährigen Robert Rainbow gleichmäßig atmen hören. Ich schlich weiter und fand die Tür des zweiten Kinderzimmers. Es gehörte dem sechsjährigen Billy und der dreijährigen Amanda. Ich blieb stehen und lauschte. Alles war in bester Ordnung.

Das Elternschlafzimmer lag zwei Meter weiter am Ende des Korridors. Ich erreichte die Tür. Wie verabredet, hatte Jerry sie angelehnt. Ich ging hinein. Dicht bei der Tür blieb ich regungslos stehen und horchte, ob irgend etwas darauf hindeutete, daß Samantha vielleicht wach war. Alles war still. Ich tastete mich an der Wand entlang, bis ich Samanthas Bettseite erreicht hatte. Ich kniete mich sofort auf den Boden und fand den Stecker ihrer Nachttischlampe. Ich zog ihn aus der Buchse und legte ihn auf den Teppich. Gut. Jetzt war es viel sicherer. Ich richtete mich auf. Sehen konnte ich Samantha nicht, und zuerst konnte ich auch nichts hören. Ich beugte mich tief über das Bett. Ah ja, ich hörte sie atmen. Plötzlich drang mir ein Hauch des betörend schweren Parfums in die Nase, das sie an diesem Abend benutzt hatte, und ich fühlte, wie mir das Blut zwischen die Schenkel schoß. Auf Zehenspitzen schlich ich schnell um das große Bett, zwei Finger ständig vorsichtig am Bettrand.

Jetzt brauchte ich nur noch hineinzuschlüpfen. Das tat ich, aber als ich mich auf die Matratze legte, klang das Knarren der Sprungfeder unter mir so, als feuerte jemand ein Gewehr im Zimmer ab. Regungslos und mit angehaltenem Atem blieb ich liegen. Dabei hörte ich mein Herz wie eine Dampfmaschine in der Kehle stampfen. Samantha lag von mir abgewandt. Sie bewegte sich nicht. Ich zog die Bettdecke über meine Brust hoch und wandte mich Samantha zu. Eine erregende weibliche Wärme strömte mir von ihr entgegen. Also, es geht los. *Jetzt!*

Ich ließ meine Hand hinübergleiten und berührte ihren Körper. Ihr Nachthemd war warm und seidig. Ich ließ die Hand sanft auf ihrer Hüfte ruhen. Noch immer regte sie sich nicht. Ich wartete ungefähr eine Minute und erlaubte dann meiner auf der Hüfte liegenden Hand, sich weiterzustehlen und auf Entdeckungsreise zu gehen. Langsam, vorsichtig und sehr zielbewußt machten meine Finger sich an die Arbeit, Samantha zu entflammen.

Endlich rührte sie sich. Sie drehte sich auf den Rücken.

Dann murmelte sie schläfrig: «Oh, Liebling . . . Oh, meine Güte, ich . . . Ach Gott, Liebling!»

Ich sagte natürlich nichts, sondern verrichtete nur weiter meine Arbeit.

Einige Minuten vergingen.

Sie lag ganz still.

Eine weitere Minute verstrich. Dann noch eine. Sie rührte sich nicht.

Ich begann mich zu fragen, wie lange es noch dauern mochte, bis bei ihr der Funke zündete.

Ich gab nicht auf.

Aber warum dieses Schweigen? Warum diese völlige und absolute Reglosigkeit, warum diese erstarrte Haltung?

Plötzlich fiel es mir ein. Ich hatte Jerry völlig vergessen! Da ich selbst so aufgeregt war, hatte ich seine persönliche Taktik ganz und gar vergessen! Ich tat es auf meine Art, nicht auf seine! Seine Methode war viel komplizierter als meine. Sie war lächerlich umständlich. Das war ganz unnötig. Aber so war sie es nun einmal gewohnt. Und jetzt bemerkte sie den Unterschied und versuchte festzustellen, was denn um Himmels willen eigentlich los sei.

Aber es war zu spät, jetzt noch die Technik zu ändern. Ich mußte so weitermachen.

Und ich machte weiter. Die Frau neben mir lag wie eine gespannte Sprungfeder da. Ich konnte die Spannung unter ihrer Haut förmlich spüren. Allmählich geriet ich ins Schwitzen.

Plötzlich gab sie ein seltsames, leises Stöhnen von sich.

Weitere gräßliche Gedanken zuckten mir plötzlich

durch den Sinn. War sie etwa krank? Hatte sie einen Herzanfall? Sollte ich hier vielleicht lieber ganz schnell verschwinden?

Sie stöhnte wieder – diesmal lauter. Dann rief sie ganz plötzlich laut: «Ja-ja-ja-ja-ja!», und wie eine Bombe, deren träger Zünder endlich das Dynamit erreicht hat, wurde sie explosionsartig lebendig. Sie riß mich in ihre Arme und machte sich mit solch unglaublicher Wildheit über mich her, daß ich mich wie von einem Tiger angefallen fühlte.

Oder sollte ich lieber Tigerin sagen?

Ich hätte mir nie träumen lassen, daß eine Frau solche Dinge tun könnte, wie Samantha sie mit mir tat. Sie war wie ein Hurrikan, ein betäubend wilder Wirbelsturm, der mich entwurzelte, umherschleuderte und in Himmelshöhen emporriß, von deren Existenz ich nie etwas geahnt hatte.

Ich selbst trug nichts dazu bei. Wie konnte ich auch? Ich war hilflos. Ich war der Palmbaum, der durch die Luft wirbelte – das Lamm in den Klauen des Tigers. Mit Mühe und Not konnte ich gerade noch weiteratmen.

Trotzdem war es ungeheuer erregend, sich einer so explosiv ungestümen Frau widerstandslos in die Hände zu geben, und in den nächsten zehn, zwanzig oder dreißig Minuten – wie sollte ich das genau wissen? – tobte der Sturm mit unverminderter Heftigkeit weiter. Aber ich habe nicht die Absicht, den Leser hier mit bizarren Details zu ergötzen. Ich halte nichts davon, in der Öffentlichkeit schmutzige Wäsche zu waschen. Es tut mir leid, aber so bin ich nun einmal. Ich hoffe, daß meine Zurückhaltung bei meinen Lesern keine zu starken Frustrationen hervorruft. Jedenfalls konnte von Frustration in meinem Fall nicht die Rede sein, und in einem letzten, rauschenden Paroxysmus schrie ich auf, daß die gesamte Nachbarschaft hätte wach werden müssen. Dann brach ich zusammen, fiel in mich zusammen wie ein leerer Weinschlauch.

Samantha hingegen wandte sich – als hätte sie lediglich ein Glas Wasser getrunken – einfach von mir ab und schlief sofort wieder ein.

Huiii!

Ich lag still da und erholte mich langsam wieder.

Sehen Sie, ich hatte wirklich recht gehabt mit jenem winzigen Krönchen auf der Unterlippe, nicht wahr? Wenn ich darüber nachdachte, hatte ich mehr oder minder in allem recht gehabt, was mit dieser unglaublichen Eskapade zusammenhing. Was für ein Triumph! Ich fühlte mich wunderbar gelöst und wohlig erschöpft.

Wie spät mochte es wohl sein? Meine Uhr hatte kein Leuchtzifferblatt. Ich sollte lieber gehen, dachte ich. Also kroch ich aus dem Bett und tastete mich, diesmal etwas weniger vorsichtig, außen daran herum – aus dem Schlafzimmer – den Gang entlang – die Treppe hinunter und in die Diele des Hauses. Ich fand meinen Regenmantel und meine Hausschuhe und zog beides an. In der Tasche meines Regenmantels hatte ich ein Feuerzeug. Ich machte es an und sah auf die Uhr. Es war acht Minuten vor zwei. Später als ich gedacht hatte. Ich öffnete die Haustür und trat in die schwarze Nacht hinaus.

Meine Gedanken begannen sich jetzt auf Jerry zu konzentrieren. War mit ihm alles in Ordnung? Hatte er es geschafft? Ich ging durch die Dunkelheit auf die Lücke in der Hecke zu.

«Hallo, Sportsfreund», flüsterte eine Stimme neben mir.

«Jerry!»

«Alles in Ordnung?» fragte Jerry.

«Phantastisch», sagte ich. «Umwerfend. Was ist mit dir?»

«Bei mir ist es ebenso», sagte er. Ich sah das weiße Aufblinken seiner Zähne, als er mir durch die Dunkelheit zugrinste. «Wir haben es geschafft, Vic!» flüsterte er und berührte meinen Arm. «Du hattest recht! Es hat geklappt! Es war sensationell!»

«Bis morgen», flüsterte ich.

Wir trennten uns. Ich schlüpfte durch die Hecke und ging in mein Haus. Drei Minuten später lag ich wohlbehalten wieder in meinem eigenen Bett, und meine Frau schlief tief und fest neben mir.

Am nächsten Morgen – es war Sonntag – stand ich um acht Uhr dreißig auf und ging in Schlafanzug und Morgenrock hinunter, um Frühstück für die Familie zu machen, wie ich es sonntags immer tue. Die beiden Jungen – der neunjährige Victor und der siebenjährige Wally – waren schon unten.

«Hallo, Daddy», sagte Wally.

«Ich habe ein großartiges neues Frühstücksrezept», verkündete ich.

«Was?» fragten die beiden wie aus einem Munde. Sie

waren schon in der Stadt gewesen, hatten die Sonntagszeitung mitgebracht und waren jetzt in die Comics vertieft.

«Wir machen gebutterten Toast und streichen Orangenmarmelade drauf», erklärte ich. «Und dann legen wir knusprige Speckstreifen auf die Marmelade.»

«*Speck?*» rief Victor. «Mit *Orangenmarmelade?*»

«Ich weiß. Aber warte, bis du es gekostet hast. Es schmeckt wunderbar.»

Ich schenkte den Grapefruit-Saft ein und trank selbst zwei Glas. Ein weiteres Glas stellte ich für Mary auf den Tisch. Dann schaltete ich den Schnellkocher ein, schob Brot in den Toaster und begann den Speck zu braten. In diesem Moment kam Mary in die Küche. Sie trug ein hauchdünnes, pfirsichfarbenes Chiffonding über ihrem Nachthemd.

«Guten Morgen», sagte ich und sah sie über die Schulter hinweg an, während ich mit der Bratpfanne hantierte.

Schweigend ging sie zu ihrem Stuhl am Küchentisch und setzte sich. Sie trank ihren Saft und sah dabei weder mich noch die Jungen an. Ich briet den Speck weiter.

«Hallo, Mami», sagte Wally.

Sie antwortete auch darauf nicht.

Beim Geruch des Speckfetts begann sich mir der Magen umzudrehen.

«Ich möchte gern Kaffee», sagte Mary, ohne sich umzuschauen. Ihre Stimme klang sehr merkwürdig.

«Kommt sofort», sagte ich und schob die Bratpfanne von der Heizplatte weg. Dann machte ich schnell eine Tasse schwarzen Pulverkaffee und servierte ihn ihr.

«Jungs», sagte sie zu den Kindern, «würdet ihr bitte im anderen Zimmer lesen, bis das Frühstück fertig ist?»

«Wir?» fragte Victor. «Warum?»

«Weil ich es sage.»

«Wir haben doch nichts Schlimmes gemacht!» sagte Wally.

«Nein, Liebling, das nicht. Ich möchte nur einen Moment lang mit Daddy allein sein.»

Ich hatte das Gefühl, kleiner und kleiner zu werden. Am liebsten wäre ich davongelaufen. Ich wollte durch die Haustür hinausstürzen, die Straßen entlangrennen und mich irgendwo verstecken.

«Mach dir auch einen Kaffee, Vic», sagte sie, «und setz dich.» Ihre Stimme klang ausdruckslos. Es schwang kein Zorn darin mit – einfach nichts. Und sie sah mich immer noch nicht an.

Die Kinder gingen hinaus und nahmen die Comics mit.

«Macht die Tür zu», sagte Mary zu ihnen.

Ich schüttete einen Teelöffel Pulverkaffee in meine Tasse, goß kochendes Wasser darüber und tat Milch und Zucker hinein. Das Schweigen war entnervend. Ich trat an den Tisch und setzte mich auf meinen Stuhl ihr gegenüber. Was meine Gefühle betraf, so hätte es ebensogut ein elektrischer Stuhl sein können.

«Hör zu, Vic», sagte sie und schaute in ihre Kaffeetasse. «Ich will mir das von der Seele reden, bevor ich den Mut verliere und dann nicht mehr darüber sprechen kann.»

«Um Himmels willen, was hat dieser dramatische Auftritt zu bedeuten?» fragte ich. «Ist irgend etwas passiert?»

«Ja, Vic, allerdings.»

«Was denn?»

Ihr Gesicht war bleich und starr und so entrückt, als wäre sie sich ihrer Umgebung nicht bewußt.

«Also, komm, heraus damit», sagte ich tapfer.

«Es wird dir nicht sehr angenehm sein», sagte sie. Der Blick ihrer großen blauen, verstört wirkenden Augen ruhte einen Moment auf mir und glitt dann weiter.

«Was wird mir nicht sehr angenehm sein?» fragte ich. Das schiere Entsetzen, das dies alles in mir auslöste, begann in meinen Eingeweiden zu wühlen. Ich fühlte das gleiche wie jene Einbrecher, von denen der Polizist mir damals erzählt hatte.

«Du weißt, wie ich es hasse, über Sex und all solche Dinge zu reden», sagte sie. «Solange wir verheiratet sind, habe ich kein einziges Mal mit dir darüber gesprochen.»

«Das stimmt», sagte ich.

Sie trank einen Schluck Kaffee, aber sie war in Gedanken offensichtlich weit weg. «Der Grund dafür ist», sagte sie, «daß ich es nie gemocht habe. Falls du es genau wissen willst: Ich habe es sogar gehaßt.»

«Was gehaßt?» fragte ich.

«Sex», sagte sie. «Was man da macht.»

«Allmächtiger Gott!» sagte ich.

«Es hat mir nie das geringste Vergnügen bereitet.»

Das allein war niederschmetternd genug, aber der wirklich zermalmende Schlag würde noch kommen – dessen war ich mir sicher.

«Es tut mir leid, wenn dich das überrascht», fügte sie hinzu.

Ich wußte nicht, was ich sagen sollte, deshalb blieb ich still.

Ihr Blick hob sich wieder von der Kaffeetasse und musterte mich mit so lauernder Aufmerksamkeit, als hegte sie eine bestimmte Vermutung. Dann senkte sie die Augen wieder.

«Ich wollte es dir nie erzählen», sagte sie. «Und ich hätte es auch nie getan, wenn nicht das in der vergangenen Nacht gewesen wäre.»

Ich sagte sehr langsam: «Was war in der vergangenen Nacht?»

«In der vergangenen Nacht», sagte sie, «da habe ich plötzlich erkannt, was an dieser ganzen verrückten Sache eigentlich dran ist.»

«Wirklich?»

Sie sah mir jetzt tief in die Augen, und ihr Gesicht war so offen wie eine der Sonne zugewandte Blume. «Ja», sagte sie. «Ganz gewiß.»

Ich rührte mich nicht.

«Oh, Liebling!» rief sie und sprang auf, stürzte zu mir herüber und gab mir einen glühenden Kuß. «Ich danke dir so sehr für die vergangene Nacht! Du warst wunderbar! Und ich war wunderbar! Wir waren beide wunderbar! Mach doch kein so verlegenes Gesicht, mein Liebster! Du solltest stolz auf dich sein! Du warst phantastisch! Ich liebe dich! Wirklich! Ganz toll!»

Ich saß einfach nur da.

Sie lehnte sich dicht an mich und legte den Arm um meine Schultern. «Und jetzt», sagte sie sanft, «nachdem du . . . ich weiß nicht recht, wie ich es ausdrücken soll . . . nachdem du irgendwie entdeckt hast, was ich *brauche*, von jetzt an wird alles so wunderbar sein!»

Ich saß immer noch stumm da. Sie ging langsam zu ihrem Stuhl zurück. Eine große Träne rann ihr über die Wange. Ich konnte mir nicht erklären, warum.

«Es war doch richtig von mir, daß ich es dir gesagt habe, nicht wahr?» sagte sie und lächelte unter Tränen.

«Ja», sagte ich. «O ja.» Ich stand auf und trat an den Herd, um ihr nicht ins Gesicht blicken zu müssen. Durchs Küchenfenster sah ich Jerry mit der Sonntagszeitung unterm Arm seinen Garten durchqueren. Es war etwas Federndes in seinem Gang, ein tänzelnder Schwung des Triumphes in jedem seiner Schritte, und als er an die Treppe zur Veranda seines Hauses kam, stürmte er sie, zwei Stufen auf einmal nehmend, hinauf.

Der letzte Akt

Es klingelte. Anna stand in der Küche und wusch den Salat für das Abendessen. Die Klingel war direkt über dem Spülstein angebracht, so daß Anna jedesmal zusammenfuhr, wenn es klingelte und sie in der Nähe war. Aus diesem Grund benutzten auch weder ihr Mann noch ihre Kinder die Klingel. Diesmal jedoch schien sie besonders laut zu schrillen, und Anna schreckte mehr zusammen als sonst.

Als sie die Haustür öffnete, standen zwei Polizeibeamte draußen. Sie starrten sie mit wachsbleichen Gesichtern an. Anna starrte sie ebenfalls an und wartete darauf, daß sie etwas sagten. Sie starrte sie an, aber die beiden rührten sich nicht und sagten kein Wort. Sie standen so steif und so regungslos da, als seien sie zwei Wachsfiguren, die ihr jemand aus Jux vor die Haustür gestellt hatte. Sie hielten jeder mit beiden Händen ihren Helm vor sich.

«Was ist?» fragte Anna.

Sie waren beide jung. Sie trugen lederne Stulpenhandschuhe, die ihnen bis zu den Ellbogen reichten, und hinter ihnen am Straßenrand konnte Anna ihre schweren Motorräder stehen sehen. Herbstlaub fiel auf die Maschinen herab und trieb den Bürgersteig entlang. Die ganze Straße lag im leuchtenden gelben Licht des klaren, windigen Septembernachmittags. Der größere Polizist scharrte unbehaglich mit den Füßen. Dann fragte er: «Mrs. Cooper, Madam?»

«Ja, die bin ich.»

«Mrs. Edmund J. Cooper?» fragte der andere.

«Ja.» Allmählich begann es ihr zu dämmern, daß diese Männer, die beide nicht sonderlich erpicht darauf schienen, zu erklären, warum sie da waren, sich so sonderbar verhielten, weil sie eine unangenehme Pflicht zu erfüllen hatten.

«Mrs. Cooper», hörte sie den einen sagen, und an der Art, wie er es sagte – sanft und behutsam, als müsse er ein krankes Kind trösten –, erkannte sie sofort, daß er ihr etwas Schreckliches mitteilen wollte. Eine Woge panischer Angst schlug über ihr zusammen, und sie fragte: «Was ist passiert?»

«Mrs. Cooper, wir müssen Ihnen mitteilen . . .»
Der Polizist hielt inne.

Die Frau, die ihn nicht aus den Augen ließ, hatte das Gefühl, daß ihr ganzer Körper schrumpfe und schrumpfe und immer weiter schrumpfe.

«. . . daß Ihr Mann heute nachmittag um 17 Uhr 45 auf dem Hudson River Parkway einen Unfall hatte und noch im Krankenwagen verstorben ist . . .»

Der Polizist, der gesprochen hatte, zog die Krokobrieftasche heraus, die sie Ed vor zwei Jahren zu ihrem zwanzigsten Hochzeitstag geschenkt hatte. Als sie danach griff, ertappte sie sich dabei, daß sie überlegte, ob das Leder wohl noch warm sei, weil es doch noch vor so kurzer Zeit so nahe an Eds Brust gelegen hatte.

«Wenn wir Ihnen irgendwie behilflich sein können . . .» sagte der Polizist. «Vielleicht telefonieren, damit jemand kommt . . . Freunde oder Verwandte . . .»

Anna hörte, wie seine Stimme immer leiser wurde und schließlich nicht mehr zu vernehmen war. Und in diesem Augenblick mußte sie wohl zu schreien begonnen haben. Kurz darauf wurde sie regelrecht hysterisch, und beide Polizisten hatten alle Hände voll zu tun, um ihrer Herr zu werden, bis ihr vierzig Minuten später der Hausarzt eine Injektion verabreichte.

Als sie am nächsten Morgen aufwachte, ging es ihr jedoch keineswegs besser. Weder der Arzt noch ihre Kinder konnten vernünftig mit ihr reden. Man mußte sie während der nächsten paar Tage fast ständig unter Beruhigungsmitteln halten, sonst hätte sie sich zweifellos umgebracht. In den kurzen Wachperioden zwischen den Drogen-Gaben war sie wie eine Wahnsinnige, rief ununterbrochen nach ihrem Mann und sagte ihm, sie werde ihm nachfolgen, sobald sie könne. Es war entsetzlich, ihr zuzuhören. Um ihr Verhalten verständlicher zu machen, sollte hier jedoch sogleich gesagt werden, daß der Ehemann, den sie verloren hatte, keineswegs ein gewöhnlicher Ehemann gewesen war.

Anna Greenwood hatte Ed Cooper geheiratet, als sie

beide achtzehn gewesen waren, und in den Jahren, die sie
zusammen gelebt hatten, waren sie einander immer näher-
gekommen und in einem Maße voneinander abhängig geworden, daß man es mit Worten nicht beschreiben kann.
Mit jedem Jahr, das vorüberging, wurde ihre Liebe inniger
und überwältigender, und zuletzt hatte sie fast schon gro-
teske Maße angenommen, so daß beide zum Beispiel die
tägliche Trennung kaum noch ertragen konnten, wenn Ed
morgens ins Büro fahren mußte. Kehrte er am Abend
heim, lief er durchs ganze Haus, um sie zu suchen, und sie
ließ alles sofort stehen und liegen, um ihm entgegenzuei-
len, sobald sie die Haustür ins Schloß fallen hörte. Wenn
sie sich dann trafen, sei es auf halber Treppe, auf dem
Treppenabsatz, oder auf halbem Wege zwischen Küche
und Diele, nahm er sie in die Arme, um sie minutenlang an
sich zu drücken und so innig zu küssen, als hätten sie erst
tags zuvor geheiratet. Es war wunderbar. Es war so einma-
lig, so unglaublich wunderbar, daß man beinahe verstehen
kann, warum sie keine Lust und keinen Mut mehr hatte,
weiter in einer Welt zu leben, in der es ihren Mann nicht
mehr gab.

Ihre drei Kinder, Angela (20), Mary (19) und Billy
(17½), blieben seit der Katastrophe ständig um sie herum.
Sie liebten ihre Mutter heiß und taten alles, um sie am
Selbstmord zu hindern. Liebevoll gaben sie sich alle Mühe,
sie davon zu überzeugen, daß das Leben trotz allem le-
benswert sein konnte. Ihnen allein war es zu verdanken,
daß sie sich endlich doch aus ihrem Alptraum befreite und
langsam in die Alltagswelt zurückfand.

Vier Monate nach dem unglückseligen Tag erklärten die Ärzte, sie sei nun wohl «einigermaßen außer Gefahr», und Anna war in der Lage, wenn auch voll Resignation, für ihre Kinder den Haushalt zu führen, einzukaufen und zu kochen.

Doch was geschah dann?

Noch ehe der Winterschnee geschmolzen war, heiratete Angela einen jungen Mann von Rhode Island und ließ sich am Stadtrand von Providence nieder.

Wenige Monate später heiratete auch Mary. Sie heiratete einen blonden Riesen aus Slayton, einer Stadt in Minnesota, und das Flugzeug entführte sie – für immer und immer und immer. Wieder brach Annas Herz in tausend Stücke, doch war sie stolz darauf, daß ihre beiden Töchter nicht die geringste Ahnung hatten, wie es in ihr aussah. («Ach, Mami, ist es nicht herrlich?» – «Ja, mein Liebling, es ist die schönste Hochzeit, die ich miterlebt habe! Ich bin noch viel aufgeregter als du!» Und so weiter und so weiter.)

Und dann, um das Maß voll zu machen, ging ihr geliebter Billy, eben achtzehn geworden, zu seinem ersten Studienjahr nach Yale.

Und so war Anna auf einmal ganz allein in einem menschenleeren Haus.

Es war ein gräßliches Gefühl, nach dreiundzwanzig Jahren lärmenden, turbulenten, glücklichen Familienlebens am Morgen allein zum Frühstück hinunterzugehen, schweigend vor einer Tasse Kaffee und einem Stück Toast zu sitzen und zu überlegen, was man mit dem Tag anfangen sollte, der sich so endlos vor einem erstreckte. Das Zimmer, in dem man sitzt, dasselbe Zimmer, das soviel Lachen gehört, so viele Geburtstage, so viele Weihnachtsbäume und so viele Geschenke gesehen hat, die jubelnd ausgepackt wurden, ist jetzt totenstill und merkwürdig kalt. Die Luft ist warm, die Temperatur normal, und dennoch fröstelt man in diesem Raum. Die Uhr ist stehengeblieben, weil man sie ja doch nie selbst aufgezogen hat. Ein Stuhl wackelt, und man fragt sich, wieso man das nicht schon vorher gemerkt hat. Und wenn man aufblickt, hat man auf einmal das beängstigende Gefühl, daß alle vier Wände ganz langsam immer näher auf einen zurücken, wenn man gerade nicht hinsieht.

Am Anfang ging sie mit ihrer Kaffeetasse zum Telefon und fing an, ihre Freundinnen anzurufen. Doch alle ihre Freundinnen hatten Ehemann und Kinder und waren zwar nett und herzlich und fröhlich am Apparat, aber sie hatten einfach keine Zeit, sich am frühen Vormittag schon hinzusetzen und mit der traurigen Frau am anderen Ende der Leitung zu plaudern. Und so begann sie, ihre verheirateten Töchter anzurufen.

Auch sie waren immer sehr lieb zu ihr. Schon bald jedoch fiel Anna auf, daß ihr Verhalten ihr gegenüber sich unmerklich änderte. Sie war nicht mehr die Hauptperson in ihrem Leben. Die beiden hatten jetzt Ehemänner, um die sich bei ihnen alles drehte. Freundlich, aber bestimmt schoben sie ihre Mutter in den Hintergrund. Das war für Anna ein großer Schock. Aber die Mädchen hatten recht, das wußte sie. Sie hatten absolut recht. Sie hatte nicht mehr das Recht, in das Leben ihrer Töchter einzugreifen und bei ihnen Schuldgefühle zu wecken, weil sie sie vernachlässigten.

Sie suchte Dr. Jacobs noch immer regelmäßig auf, aber auch er konnte ihr nicht viel helfen. Er versuchte sie zum Reden zu bringen, und sie gab sich auch große Mühe. Gelegentlich hielt er ihr einen kleinen Vortrag voll versteckter Anspielungen über Sex und Sublimierung. Anna begriff nie so recht, worauf er hinauswollte, im wesentlichen aber schien es sich darum zu handeln, daß sie sich wieder einen Mann nehmen sollte.

Sie begann, allein im Haus herumzuwandern und Dinge in die Hand zu nehmen, die Ed gehört hatten. Sie hob einen seiner Schuhe auf, steckte die Hand hinein und tastete die kleinen Vertiefungen ab, die sein Fuß und seine Zehen auf der Innensohle hinterlassen hatten. Als sie eine Socke mit einem Loch entdeckte, bereitete es ihr eine unbeschreibliche Freude, das Loch zu stopfen. Manchmal suchte sie auch ein Hemd, eine Krawatte, einen Anzug heraus und legte alles auf dem Bett bereit, damit Ed es anziehen konnte, und einmal, an einem verregneten Sonntagvormittag, kochte sie Irish-Stew.

So konnte es nicht weitergehen, es war hoffnungslos.

Wie viele Tabletten würde sie also brauchen, um diesmal ganz sicherzugehen? Sie ging nach oben und zählte ihren geheimen Vorrat nach. Neun waren noch da. War das genug? Ganz sicher nicht. Oh, verdammt. Das einzige, was sie ganz ohne Zweifel nicht noch einmal ertragen konnte, war ein Mißlingen – die rasende Fahrt zum Krankenhaus, das Magenauspumpen, den sechsten Stock des Payne-Whitney-Pavillons, die Psychiater, die Demütigungen und all das Elend . . .

Dann mußte sie eben eine Rasierklinge nehmen. Das Schwierige mit der Rasierklinge war nur, daß man es richtig machen mußte. Die meisten Selbstmordkandidaten fingen es schon falsch an, wenn sie die Rasierklinge am Handgelenk ansetzten. Nein, nicht nur die meisten – so gut wie alle. Sie schnitten nicht tief genug. Tief drinnen gab es eine große Arterie, die man einfach erreichen mußte. Mit Venen war es nicht getan. Das gab nur ein furchtbares Geblute, führte aber am Ende zu nichts. Außerdem war es gar nicht so leicht, eine Rasierklinge zu halten – jedenfalls nicht, wenn man einen energischen Schnitt machen, sie geradewegs ganz tief hindurchziehen wollte. Aber *sie* würde es richtig machen. Die, denen der Selbstmordversuch mißlang, *wollten* im Grunde ja, daß er mißlang. Sie dagegen meinte es ernst.

Sie ging zum Medizinschränkchen im Badezimmer und suchte nach Rasierklingen. Sie fand nicht eine einzige, obwohl nicht nur ihr eigener, sondern auch Eds Rasierapparat noch da waren. Aber in keinem steckte eine Klinge, und die kleinen Päckchen daneben waren auch verschwunden. Nun ja, das war verständlich. Derartige Dinge waren damals aus gutem Grund aus dem Haus entfernt worden. Aber das spielte keine Rolle. Sie konnte sich jederzeit neue Rasierklingen kaufen.

Anna kehrte in die Küche zurück und nahm den Kalender von der Wand. Sie wählte ein Datum – den 23. September, Eds Geburtstag – und schrieb Rk (für Rasierklingen) auf das Blatt. Jetzt war der 9. September. Sie hatte also vierzehn Tage Zeit, um ihre Angelegenheiten zu ordnen. Es war noch eine Menge zu tun: Rechnungen bezahlen, ein neues Testament schreiben, das ganze Haus putzen, Billys Collegegeld für die nächsten vier Jahre anweisen, Briefe an ihre Kinder, ihre eigenen Eltern und Eds Mutter schreiben, und so weiter und so fort.

Aber wenn sie auch noch so fleißig war – die vierzehn Tage erschienen ihr unendlich lang. Sie sehnte sich danach, die Klinge anzusetzen, und zählte jeden Morgen nach dem Aufwachen die Tage, die sie noch überstehen mußte, als wäre sie ein Kind, das auf Weihnachten wartet. Wo immer sich Ed Cooper jetzt, nach seinem Tod, auch befinden mochte, sie wollte ihm rasch folgen, und sei es auch nur ins Grab.

Mitten während dieser zweiwöchigen Wartezeit jedoch bekam sie eines Morgens um halb neun Uhr Besuch von ihrer Freundin Elizabeth Paoletti. Anna machte sich in der Küche gerade Kaffee. Sie zuckte zusammen, als es klingelte, und zuckte noch einmal zusammen, als es ein zweites Mal energischer klingelte.

Liz kam ins Haus gestürzt und redete wie immer ohne Unterlaß. «Anna, sei ein Schatz, du mußt mir unbedingt helfen! Bei uns im Büro haben alle die Grippe. Du *mußt* einfach mitkommen! Keine Widerrede! Ich weiß, daß du maschineschreiben kannst und nichts anderes zu tun hast, als hier herumzusitzen und Trübsal zu blasen. Also nimm deinen Hut und deine Handtasche. Beeil dich, Mädchen!

Los, mach schnell! Ich komme sowieso schon viel zu spät!»

«Laß mich in Ruhe», sagte Anna. «Geh, Liz!»

«Das Taxi wartet», drängte Liz.

«Bitte!» sagte Anna. «Zwing mich nicht. Ich komme nicht mit.»

«Doch, du kommst», antwortete Liz. «Reiß dich zusammen. Anna! Deine Tage als Märtyrerin sind vorüber.»

Anna weigerte sich standhaft, aber Liz setzte sich durch, und zum Schluß erklärte Anna sich einverstanden. Sie würde mitkommen, aber nur für einige Stunden.

Elizabeth Paoletti leitete eine Gesellschaft für Adoptionen, eine der besten in der ganzen Stadt. Neun ihrer Angestellten lagen mit Grippe im Bett, und außer ihr waren nur noch zwei im Büro. «Du hast zwar keine Ahnung von unserer Arbeit», erklärte sie Anna im Taxi, «aber du hilfst uns eben, soweit du kannst.»

Im Büro ging es zu wie in einem Tollhaus. Allein die Telefone machten Anna ganz krank. Sie rannte ständig von einem Apparat zum anderen, um Mitteilungen entgegenzunehmen, deren Sinn sie nicht verstand. Und dann die Mädchen draußen im Wartezimmer: junge Mädchen mit aschgrauen, versteinerten Gesichtern, deren Aussagen sie mit der Schreibmaschine auf ein offizielles Formular übertragen mußte.

«Name des Vaters?»

«Weiß ich nicht.»

«Das wissen Sie nicht?»

«Was hat der Vater damit zu tun?»

«Meine Liebe, wenn der Vater bekannt ist, dann muß er sein Einverständnis geben, bevor wir das Kind zur Adoption freigeben können.»

«Keine Angst, er ist nicht bekannt.»

«Sind Sie sich da auch ganz sicher?»

«Himmel, ich hab's Ihnen doch gesagt, oder nicht?»

Um die Mittagszeit brachte ihr irgend jemand ein Sandwich, aber sie hatte keine Zeit, etwas zu essen. Um neun Uhr abends wankte Anna erschöpft, hungrig und tief erschüttert über die traurigen Erfahrungen, die ihr der Tag vermittelt hatte, nach Hause, machte sich einen starken Drink, briet sich ein paar Eier mit Speck und ging zu Bett.

«Morgen früh um acht hole ich dich wieder ab», hatte Liz zu ihr gesagt. «Und sei um Gottes willen bereit!» Anna war bereit. Und kam von ihrem neuen Job nicht mehr los.

So einfach war das.

Sie hatte von Anfang an nichts weiter als eine richtige anstrengende Arbeit mit vielen Problemen gebraucht – mit den Problemen anderer Leute, nicht den eigenen.

Die Arbeit war aufreibend und oft erschütternd, aber sie nahm Anna jede einzelne Minute am Tag voll in Anspruch. Und nach anderthalb Jahren – wir überspringen einige Zeit – fühlte sie sich wieder vergleichsweise zufrieden. Es fiel ihr immer schwerer, sich ihren Mann lebensnah und deutlich vorzustellen, wie er ihr die Treppe herauf entgegengelaufen war oder ihr abends beim Essen gegenübergesessen hatte. Auch an seine Stimme erinnerte sie sich nicht mehr so genau, und sogar sein Gesicht war ihr nur noch ganz klar gegenwärtig, wenn sie ein Foto von ihm betrachtete. Sie dachte natürlich noch immer an ihn, doch sie entdeckte, daß sie das tun konnte, ohne sogleich in Tränen auszubrechen. Und wenn sie sich jetzt vor Augen hielt, wie sie sich noch vor einiger Zeit betragen hatte, war ihr das eher peinlich. Sie interessierte sich wieder etwas mehr für ihre Kleidung und ihre Frisur, benutzte wieder den Lippenstift und rasierte sich die Beine. Das Essen schmeckte ihr, und wenn jemand ihr zulächelte, lächelte sie freundlich zurück und meinte es aufrichtig. Mit anderen Worten, sie freute sich, am Leben zu sein.

Zu dieser Zeit mußte Anna geschäftlich nach Dallas in Texas.

Die Aktivitäten des Büros beschränkten sich gewöhnlich auf das Gebiet des Bundesstaates. In diesem Fall aber war ein Ehepaar, das durch die Agentur ein Baby adoptiert hatte, anschließend von New York nach Texas umgezogen, und nun, fünf Monate später, hatte die Ehefrau geschrieben, sie wolle das Kind nicht länger behalten. Ihr Mann sei kurz nach ihrer Ankunft in Dallas an einem Herzanfall gestorben, sie selbst habe fast unmittelbar darauf wieder geheiratet, und ihr jetziger Mann könne «sich mit einem Adoptivkind im Haus nicht abfinden».

Das war ein ernster Fall, bei dem es nicht nur um das Wohl des Kindes, sondern darüber hinaus um alle möglichen rechtlichen Probleme ging.

Also flog Anna mit einer Frühmaschine von New York nach Texas hinunter und traf zum Frühstück in Dallas ein. Sie trug sich in ihrem Hotel ein, und dann verbrachte sie die nächsten acht Stunden mit den Personen, die mit dieser

Angelegenheit zu tun hatten. Als sie alles erledigt hatte, was sich an einem Tag erledigen ließ, war es halb fünf Uhr nachmittags, und sie fühlte sich vollkommen erschöpft. Mit einem Taxi fuhr sie zum Hotel zurück und ging in ihr Zimmer. Telefonisch erstattete sie Liz über alles Bericht. Dann zog sie sich aus und entspannte sich lange in einem schönen, warmen Bad. Anschließend legte sie sich, noch ins Badetuch gehüllt, aufs Bett und rauchte eine Zigarette.

Ihre Bemühungen in Sachen des Kindes hatten zu nichts geführt. Die zwei Anwälte, die zugegen gewesen waren, hatten sie sehr von oben herab behandelt. Wie sie diese Männer haßte! Sie haßte ihre Arroganz und wie sie ihr glattzüngig zu verstehen gegeben hatten, daß sie nicht das geringste bei ihrem Klienten erreichen werde. Der eine hatte die ganze Zeit mit den Füßen auf dem Tisch dagesessen, und beide waren so dick und fett gewesen, daß ihnen der Speck über den Gürtel in die Hemden quoll und ihnen wie Wasserschläuche um die Hüften hing.

Anna war schon öfter in Texas gewesen, aber noch nie allein. Immer war Ed bei ihr gewesen, den sie auf Geschäftsreisen hierher begleitet hatte. Und auf solchen Reisen hatten sie oft über die Texaner gesprochen und darüber, daß sie eigentlich wenig sympathisch waren. Über ihre Derbheit und Vulgarität konnte man sich noch hinwegsetzen, daran lag es nicht. Aber in diesen Menschen hier schien eine steinzeitliche Brutalität fortzuleben, etwas so Gewalttätiges, Hartes, Unbarmherziges, wie man es unmöglich vergeben konnte. Sie schienen kein Mitgefühl, kein Mitleid, keine Zärtlichkeit zu kennen. Die einzige

Tugend, die sie besaßen – und die sie unentwegt fremden Besuchern vorexerzierten –, war eine Art professioneller Jovialität. Sie umfloß sie wie Sirup. Ihre Stimmen und ihr Lächeln waren gleichsam klebrig davon. Aber diese Honigsüße ließ Anna kalt, ließ sie ganz, ganz kalt.

‹Warum gebärden sie sich so gern als harte Männer?› hatte sie Ed immer wieder gefragt.

‹Sie sind eben Kinder›, pflegte Ed zu antworten. ‹Gefährliche Kinder, die ihre Großväter nachzuahmen versuchen. Ihre Großväter *waren* Pioniere. Diese Menschen sind es nicht.›

Die heutigen Texaner schienen aus einem egoistischen Willen heraus zu leben, Ellbogenmenschen, die stießen und gestoßen wurden. Jeder stieß hier jeden. Und ein Fremder konnte nicht leicht in ihrer Mitte beiseite treten und energisch verkünden: «Ich jedenfalls will niemanden stoßen und auch nicht gestoßen werden.» Das war unmöglich. Und besonders unmöglich in Dallas. Von allen Städten in Texas war Dallas diejenige, die Anna immer am meisten verstörte. Es war eine gottlose Stadt, dachte sie. Eine gierige, gewalttätige, gottlose Stadt. Eine Stadt, in der das Geld Amok lief, und weder falscher Glanz noch falsche Kultur, noch sirupsüße Reden verbargen die Tatsache, daß die große goldene Frucht innen verfault war.

Anna lag noch immer, in ihr Badetuch gehüllt, auf dem Bett. Diesmal war sie in Dallas allein. Kein Ed war da, der sie mit seiner einzigartigen Kraft und Liebe umgeben hätte. Und vielleicht lag es daran, daß ihr plötzlich ziemlich unbehaglich zumute war. Sie zündete sich wieder eine

Zigarette an und wartete darauf, daß das Unbehagen
schwand. Doch es schwand nicht, sondern verstärkte sich
noch. Ein harter kleiner Angstknoten schien ihr den Magen abzuschnüren, und sie spürte den Druck von Minute
zu Minute stärker werden. Es war ein unangenehmes Gefühl. So wie man es manchmal erlebte, wenn man nachts
allein im Haus war und im Nebenzimmer Schritte hörte
oder zu hören glaubte.

Hier waren es Millionen Schritte, und sie hörte sie alle.

Sie stand auf vom Bett und trat, noch immer in ihr
Badetuch gehüllt, ans Fenster. Ihr Zimmer befand sich im
21. Stock, und das Fenster stand offen. Die große Stadt lag
blaß und milchiggelb in der Abendsonne. Die Straße unten
war vollgestopft mit Automobilen. Der Gehsteig wimmelte von Fußgängern. Alle eilten heimwärts von der Arbeit,
drängten sich und wurden gedrängt. Sie sehnte sich nach
einem Freund. Wie gern hätte sie gerade in diesem Augenblick mit jemandem gesprochen! Wie gern ein Haus ge-
kannt, das sie hätte aufsuchen, eine Familie, die sie hätte
besuchen können – eine Frau und ihren Mann, eine Familie, in der es Kinder gab und Spielzimmer und wo man sie,
mit offenen Armen, schon an der Tür mit dem Ruf emp-
fing: «Anna, wie schön, daß du kommst! Wie lange kannst
du bleiben: eine Woche, einen Monat, ein Jahr?»

Und plötzlich, wie es in solchen Situationen manchmal
geht, machte es «klick» in ihrem Gedächtnis, und sie sagte
laut: «Conrad Kreuger! Großer Gott im Himmel! Er lebt
ja hier in Dallas ... Jedenfalls hat er früher hier gewohnt ...»

Sie hatte Conrad seit ihrer gemeinsamen Schulzeit in New York nicht mehr gesehen. Damals war sie ungefähr siebzehn, und Conrad war ihr Beau, ihre große Liebe, ihr ein und alles gewesen. Über ein Jahr lang waren sie zusammen gegangen, sie hatten sich ewige Treue geschworen und sich vorgenommen, bald zu heiraten. Dann war plötzlich Ed Cooper in ihr Leben getreten, und das hatte natürlich das Ende ihrer Romanze mit Conrad bedeutet. Doch Conrad schien den Bruch nicht allzuschwer genommen zu haben. *Zerschmettert* hatte ihn das jähe Ende ihrer Liebe ganz bestimmt nicht, denn kaum einen oder zwei Monate später hatte er schon mit einem anderen Mädchen aus ihrer Klasse angebändelt . . .

Wie hieß sie doch noch?

Ein großes, vollbusiges Mädchen mit flammend rotem Haar und einem außergewöhnlichen Namen, einem altmodischen Namen. Wie war er nur? Arabella? Nein, Arabella nicht. Aber bestimmt irgend etwas mit Ara . . . Araminty? Ja, das war es! Araminty. Und nach einem Jahr hatte Conrad Kreuger geheiratet und war mit ihr nach Dallas, seinem Geburtsort, gezogen.

Anna ging zum Nachttisch und nahm das Telefonbuch zur Hand.

Kreuger, Conrad P., M. D.

Ja, das war Conrad. Er hatte immer gesagt, er wollte Arzt werden. Im Buch stand die Nummer der Praxis und die der Privatwohnung.

Ob sie ihn anrufen sollte?

Warum eigentlich nicht?

Sie sah auf ihre Armbanduhr. Zwanzig nach fünf. Sie nahm den Hörer ab und nannte der Vermittlung die Nummer der Praxis.

«Praxis Doktor Kreuger», meldete sich eine Mädchenstimme.

«Guten Tag», sagte Anna. «Ist Doktor Kreuger zu sprechen?»

«Der Doktor hat gerade zu tun. Wie ist Ihr Name bitte?»

«Würden Sie ihm bitte ausrichten, daß Anna Greenwood angerufen hat?»

«Wer?»

«Anna Greenwood.»

«Gern, Miss Greenwood. Möchten Sie einen Termin?»

«Nein, vielen Dank.»

«Kann ich sonst etwas für Sie tun?»

Anna nannte ihr Hotel und bat, die Adresse an Dr. Kreuger weiterzugeben.

«Das will ich gern tun», antwortete die Sekretärin. «Auf Wiederhören, Miss Greenwood.»

«Auf Wiederhören», sagte Anna. Sie fragte sich, ob Dr. Conrad P. Kreuger sich nach so vielen Jahren noch an ihren Namen erinnern würde. Ach ja, vermutlich doch. Sie legte sich wieder auf ihr Bett und versuchte sich vorzustellen, wie Conrad damals ausgesehen hatte. Überdurchschnittlich gut jedenfalls. Groß . . . schlank . . . mit breiten Schultern . . . beinahe pechschwarzem Haar . . . und einem fabelhaften Gesicht . . . einem starken, kraftvollen Gesicht . . . einem starken, kraftvollen Gesicht wie einer dieser griechischen Helden, Perseus oder auch Odysseus.

Und vor allem war er sehr sanft gewesen, ein ernster, anständiger, ruhiger, sanfter Junge. Geküßt hatte er sie nicht sehr oft – nur, wenn sie sich abends verabschiedeten. Und für Knutschen hatte er im Gegensatz zu allen anderen auch nicht viel übrig gehabt. Wenn er sie am Samstagabend vom Kino nach Hause brachte, hielt er mit seinem alten Buick vor ihrem Haus, blieb neben ihr im Wagen sitzen und unterhielt sich mit ihr noch etwas – über die Zukunft, seine und ihre, und darüber daß er später nach Dallas zurückkehren wollte, um dort ein berühmter Arzt zu werden. Daß er sich weigerte, sie zum Knutschen und all dem Drum und Dran zu verleiten, hatte sie tief beeindruckt. Er respektiert mich, hatte sie sich damals gesagt. Er liebt mich. Und damit hatte sie wohl auch recht gehabt. Auf jeden Fall war er ein netter, guter Kerl. Und wenn Ed Cooper nicht ein supernetter, superguter Kerl gewesen wäre, hätte sie ganz gewiß Conrad Kreuger geheiratet.

Das Telefon klingelte. Anna nahm den Hörer ab. «Ja?» meldete sie sich. «Hallo?»

«Anna Greenwood?»

«Conrad Kreuger!»

«Meine liebe Anna! Was für eine wunderschöne Überraschung! Mein Gott, nach all diesen Jahren . . .»

«Ja, Conrad, es ist lange her, nicht wahr?»

«Eine Ewigkeit. Deine Stimme klingt aber noch genauso wie früher.»

«Deine auch.»

«Und was führt dich in unsere schöne Stadt? Bleibst du länger?»

«Nein. Ich muß morgen schon zurück. Hoffentlich stört
es dich nicht, daß ich dich angerufen habe.»

«Aber nein, Anna! Ich freue mich. Geht es dir gut?»

«Ja, mir geht es gut. Jetzt jedenfalls wieder. Eine Zeitlang ging es mir ziemlich schlecht. Nach Eds Tod . . .»

«Was?»

«Er ist vor zweieinhalb Jahren bei einem Autounfall
umgekommen.»

«Mein Gott, Anna, das tut mir aber leid! Wie schrecklich . . . Ich . . . Ich weiß gar nicht, was ich sagen soll . . .»

«Sag lieber gar nichts.»

«Aber jetzt geht es dir gut?»

«Ja, danke. Ich schufte jetzt wie ein Sklave.»

«So ist es recht . . .»

«Wie . . . Wie geht es Araminty?»

«Ach, der geht es gut.»

«Habt ihr Kinder?»

«Eines», antwortete er. «Einen Jungen. Und du?»

«Ich habe drei. Zwei Mädchen und einen Jungen.»

«Sieh mal an! Hör mal, Anna . . .»

«Ich höre.»

«Ist es dir recht, wenn ich zu dir ins Hotel komme und
dich auf einen Drink einlade? Du würdest mir eine sehr
große Freude machen. Bestimmt hast du dich nicht im
geringsten verändert.»

«Ich bin alt geworden, Conrad.»

«Das ist gelogen.»

«Und ich fühle mich auch alt.»

«Brauchst du vielleicht einen guten Arzt?»

«Ja. Das heißt, nein. Natürlich nicht. Ich will keine Ärzte mehr sehen. Alles, was ich brauche, ist jetzt . . . na ja . . .»

«Ja?»

«Diese Stadt macht mich nervös, Conrad. Mir fehlt jemand, mit dem ich reden kann. Das ist alles.»

«Na, ich bin ja schließlich auch noch da. Ich muß mir nur noch einen Patienten ansehen, dann bin ich frei. Ich erwarte dich unten in der Bar, im Soundso-Raum, ich habe vergessen, wie er heißt. Um sechs, in ungefähr einer halben Stunde. Paßt dir das?»

«Ja», sagte sie, «natürlich. Und . . . danke, Conrad.» Sie legte den Hörer auf und begann sich anzukleiden.

Sie war leicht verwirrt. Seit Eds Tod war sie nie mehr ausgegangen und schon gar nicht mit einem Mann in eine Bar. Dr. Jacobs würde sich bestimmt freuen, wenn sie ihm nach ihrer Rückkehr von ihrem Rendezvous erzählte. Er würde ihr nicht etwa überschwenglich dazu gratulieren, aber er würde sich ganz gewiß freuen. Er würde sagen, das sei einmal ein Schritt in die richtige Richtung gewesen, ein Anfang. Sie besuchte ihn noch immer regelmäßig. Und jetzt, da es ihr soviel besser ging, waren seine versteckten Anspielungen weniger diskret und direkter geworden. Mehr als einmal hatte er ihr gesagt, daß ihre Depressionen und ihre suizidalen Tendenzen nie ganz aufhören würden, bevor sie nicht – buchstäblich und körperlich – Ed durch einen anderen Mann «ersetzt» hätte.

«Aber es ist doch einfach unmöglich, einen geliebten Menschen zur Zerstreuung durch einen anderen zu erset-

zen», hatte Anna zu ihm gesagt, als er bei ihrem letzten
Besuch dieses Thema wieder zur Sprache brachte. «Gott
im Himmel, Doktor, als Mrs. Crummlier-Browns Papagei
im letzten Monat starb – verstehen Sie, nicht ihr Mann, ihr
Papagei –, war sie so erschüttert, daß sie sich geschworen
hatte, sich nie wieder einen Vogel zu besorgen!»

«Mrs. Cooper», hatte Dr. Jacobs gesagt, «normalerweise hat man mit einem Papagei keinen Sexualverkehr.»

«Also . . . nein . . .»

«Deshalb braucht er auch nicht ersetzt zu werden. Aber
wenn ein Ehemann stirbt und die Witwe noch eine lebens-
volle und gesunde Frau ist, wird sie unweigerlich innerhalb
von drei Jahren einen Ersatz suchen, wenn ihr das irgend
möglich ist. Und umgekehrt ist es genauso.»

Sex. Das war das einzige, was diesem Doktor einfiel. Er
hatte nur Sex im Kopf.

Bis Anna sich angezogen hatte und mit dem Lift nach
unten fuhr, war es zehn Minuten nach sechs geworden. Sie
hatte gerade die Bar betreten, da sprang ein Herr von einem
der Tische auf. Es war Conrad. Er mußte wohl die Tür im
Auge behalten haben. Verlegen lächelnd kam er ihr entgegen. Anna lächelte ebenfalls. Wie man es immer in solchen
Fällen tut.

«Sieh da!» sagte er. «Sieh da, sieh da!» Und sie hob ihm,
in Erwartung eines Begrüßungskusses, lächelnd die Wange
entgegen. Aber sie hatte vergessen, wie formell Conrad
immer gewesen war. Er ergriff lediglich ihre Hand und
schüttelte sie – ein einziges Mal. «Das ist aber *wirklich* eine
Überraschung», versicherte er. «Komm, setzen wir uns.»

Es war eine Bar wie in jedem anderen Hotel: sie war schummrig beleuchtet, und es standen viele kleine Tische herum. Auf jedem Tisch stand ein Schälchen mit Erdnüssen. Lederbezogene Bänke liefen an den Wänden entlang. Die Kellner trugen weiße Jacken und kaffeebraune Hosen. Conrad führte sie zu einem Ecktisch, wo sie einander gegenüber Platz nahmen. Sofort kam ein Kellner herbeigeeilt.

«Was möchtest du?» fragte sie Conrad.

«Kann ich einen Martini haben?»

«Natürlich. Wodka?»

«Nein, lieber Gin.»

«Einen Gin-Martini», sagte er zu dem Kellner. «Nein, bringen Sie zwei. Wie du dich vielleicht erinnerst, Anna, bin ich noch nie ein großer Trinker gewesen. Aber ich glaube, dies muß gefeiert werden.» Der Kellner eilte davon.

Conrad lehnte sich bequem zurück und betrachtete sie eingehend. «Gut siehst du aus», meinte er schließlich.

«Du auch, Conrad», erwiderte sie. Und das stimmte. Erstaunlich, wie wenig er in den fünfundzwanzig Jahren gealtert war. Er war genauso schlank und sah genauso gut aus wie früher – nein, eigentlich besser. Sein schwarzes Haar war immer noch schwarz, seine Augen klar, und alles in allem wirkte er wie ein Mann, der kaum über dreißig ist.

«Du *bist* doch älter als ich, nicht wahr?» fragte er.

«Was für eine Frage!» Sie lachte. «Ja, Conrad. Ich bin genau ein Jahr älter als du. Zweiundvierzig.»

«Mir war doch so.» Er betrachtete sie immer noch aufmerksam. Sein Blick wanderte über ihr Gesicht, ihren Hals, ihre Schultern. Anna fühlte, daß sie errötete.

«Bist du ein erfolgreicher Arzt?» fragte sie. «Bist du der erste Arzt am Platze?»

Er hielt den Kopf schief, was Anna immer gern an ihm gemocht hatte: ganz auf eine Seite, so daß das Ohr beinahe die Schulter berührte. «Erfolgreich?» wiederholte er. «Erfolgreich kann heutzutage jeder Arzt in einer Großstadt sein. Finanziell, meine ich. Ob ich jedoch ein erstklassiger Arzt bin, das ist eine andere Frage. Ich kann nur hoffen und beten, daß ich es bin.»

Die Drinks kamen, Conrad hob sein Glas. «Willkommen in Dallas, Anna», sagte er. «Es ist schön, wieder mit dir zusammen zu sein. Es war besonders nett, daß du mich angerufen hast.»

«Ich freue mich auch, dich wiederzusehen, Conrad.» Sie meinte es aufrichtig.

Er musterte ihr Glas. Sie hatte einen großen Schluck getrunken: das Glas war halb leer. «Trinkst du lieber Gin als Wodka?» fragte er.

«Ja», antwortete sie.

«Dann solltest du deine Gewohnheit ändern.»

«Warum?»

«Weil Gin nicht gut für Frauen ist.»

«Nicht gut?»

«Er schadet ihnen.»

«Dann schadet er Männern aber doch ebenso.»

«Nein, das tut er nicht. Für Männer ist er bei weitem nicht so schlecht wie für Frauen.»

«Und warum ist er für Frauen so schlecht?»

«Er ist es eben», sagte er. «Es hängt mit dem Organismus der Frauen zusammen. Was tust du denn beruflich eigentlich, Anna? Und was hat dich hier herunter nach Dallas geführt? Erzähl mir doch ein bißchen von dir.»

«Warum ist Gin so schlecht für Frauen?» fragte sie noch einmal lächelnd.

Er schüttelte lächelnd den Kopf, antwortete aber nicht darauf.

«Also sag's schon», sagte sie.

«Nein, lassen wir das.»

«Du kannst mich doch nicht so abspeisen», sagte sie. «Das ist nicht recht.»

Nach einer kurzen Pause sagte er: «Na schön, wenn du es unbedingt wissen willst . . . Gin enthält ein bestimmtes Öl, das aus Wacholderbeeren gepreßt wird. Man benutzt es zum Aromatisieren.»

«Und was bewirkt dieses Öl?»

«Eine Menge.»

«Ja, aber was?»

«Schreckliche Sachen.»

«Conrad, du brauchst keine Hemmungen zu haben. Weißt du, ich bin inzwischen erwachsen.»

Er war doch immer noch der alte Conrad, dachte sie, noch immer so schüchtern, gewissenhaft und zurückhaltend wie früher. Deswegen mochte sie ihn ja auch. «Wenn dieser Drink mir wirklich so furchtbar schadet», meinte sie, «dann wäre es höchst unfreundlich von dir, mir nicht zu sagen, worin dieser Schaden besteht.»

Zögernd griff er mit dem rechten Daumen und Zeigefinger an sein linkes Ohrläppchen. Dann sagte er: «Nun, die Sache ist die, Anna: Das Wacholderbeerenöl übt eine unmittelbare Reizung auf den Uterus aus.»

«Ach, geh doch!»

«Nein, im Ernst.»

«Mutters Verderben!» sagte sie. «Das ist doch ein Altweibermärchen.»

«Leider nicht.»

«Aber das bezieht sich doch sicher nur auf schwangere Frauen!»

«Nein, auf alle Frauen, Anna.» Jetzt lächelte er nicht mehr. Im Gegenteil, sein Ton war sehr ernst. Er schien tatsächlich um ihr Wohlergehen besorgt.

«Worauf hast du dich eigentlich spezialisiert? Das hast du mir noch gar nicht gesagt.»

«Gynäkologie und Geburtshilfe.»

«Aha!»

«Trinkst du schon sehr lange Gin?» fragte er.

«Ach, seit ungefähr zwanzig Jahren», antwortete Anna.

«Viel?»

«Mein Gott, Conrad, hör doch endlich auf, dir Sorgen um mein Innenleben zu machen! Ich möchte bitte noch einen Martini.»

«Aber gern.»

Er winkte dem Kellner. «Einen Wodka-Martini, bitte», sagte er.

«Nein», korrigierte Anna, «Gin.»

Seufzend schüttelte er den Kopf. «Auf seinen Arzt hört

heutzutage wohl niemand mehr.»

«Du bist nicht mein Arzt.»

«Nein», pflichtete er ihr bei. «Ich bin dein Freund.»

«Sprechen wir lieber von deiner Frau», schlug Anna vor. «Ist sie noch immer so schön wie früher?»

Er zögerte. Nach einigen Augenblicken antwortete er: «Um die Wahrheit zu sagen, wir sind geschieden.»

«Nein!»

«Unsere Ehe dauerte nur ganze zwei Jahre. Und sie durchzustehen war sogar ziemlich schwer.»

Aus irgendeinem Grund erschreckte das Anna. «Und sie war so ein schönes Mädchen!» sagte sie. «Wie ist das denn nur gekommen?»

«Weil alles, aber auch wirklich alles mit uns beiden schiefging.»

«Und der Junge?»

«Den hat sie. Wie üblich.» Es klang verbittert. «Sie ist mit ihm nach New York zurückgekehrt. Einmal im Jahr, in den Sommerferien, darf er mich besuchen. Er ist jetzt zwanzig. Studiert in Princeton.»

«Ein netter Junge?»

«Ein großartiger Junge», sagte Conrad. «Aber ich kenne ihn kaum. Viel Spaß macht es nicht.»

«Und du hast nie wieder geheiratet?»

«Nein. Aber genug von mir. Sprechen wir lieber von dir.»

Langsam, vorsichtig erkundigte er sich nach ihrer Gesundheit und nach der schweren Zeit, die sie nach Eds Tod durchgemacht hatte. Sie stellte fest, daß es ihr nichts ausmachte, mit ihm darüber zu sprechen, und so erzählte sie ihm mehr oder weniger rückhaltlos alles.

«Warum ist dein Arzt aber der Ansicht, daß du noch immer nicht wieder ganz gesund bist?» fragte er. «Auf mich machst du nicht den Eindruck, als würdest du noch einmal einen Selbstmordversuch machen.»

«Das werde ich auch sicher nicht. Nur manchmal, weißt du, wenn ich deprimiert bin, dann habe ich das Gefühl, daß schon ein ganz kleiner Stoß genügen würde, um mich wieder umzuwerfen.»

«Und was ist dann?»

«Dann zieht es mich wieder zum Badezimmerschränkchen.»

«Was gibt es denn in deinem Badezimmerschränkchen?»

«Nicht viel. Aber unter anderem alles, was eine Frau braucht, um sich die Beine glattzurasieren.»

«Ach so.» Conrad musterte einen Moment lang aufmerksam ihr Gesicht. «Warst du in einer solchen Stimmung, als du mich vorhin angerufen hast?» fragte er.

«Nicht ganz. Aber ich hatte an Ed denken müssen, und das ist immer etwas gefährlich für mich.»

«Ich bin froh, daß du mich angerufen hast.»

«Ich auch», sagte sie.

Anna hatte ihren zweiten Martini beinahe ausgetrunken. Conrad wechselte das Thema und erzählte von seiner Praxis. Sie hörte ihm nicht recht zu, aber sie betrachtete ihn aufmerksam. Er sah so verdammt gut aus, daß es schwerfiel, ihn nicht zu betrachten. Sie steckte sich eine Zigarette in den Mund und bot Conrad auch eine an.

«Nein, danke», lehnte er ab. «Ich rauche nicht.» Er nahm ein Streichholzbriefchen vom Tisch, gab ihr Feuer und blies das Streichholz aus. «Sind das Mentholzigaretten?»

«Richtig.»

Sie inhalierte tief und blies den Rauch langsam in die Luft. «Und jetzt willst du mir sicher erzählen, daß das Rauchen meine Fortpflanzungsorgane zerstört», sagte sie.

Lachend schüttelte er den Kopf.

«Warum hast du mich dann gefragt?»

«Einfach aus Neugier, weiter nichts.»

«Du lügst. Das sehe ich dir an. Du wolltest mir gerade erzählen, wie häufig Lungenkrebs bei starken Rauchern vorkommt.»

«Lungenkrebs hat nichts mit Menthol zu tun, Anna.» Immer noch lächelnd trank er einen winzigen Schluck von seinem Martini, den er bisher kaum angerührt hatte. Dann stellte er das Glas behutsam auf den Tisch zurück. «Du hast mir immer noch nicht gesagt, was du eigentlich machst», fuhr er fort, «und warum du nach Dallas gekommen bist.»

«Zuerst mußt du mir mehr über Menthol erzählen. Auch wenn es nur halb so schädlich ist wie dieser Wacholderbeersaft, dann muß ich sofort darüber Bescheid wissen.»

Er lachte und schüttelte den Kopf.

«Bitte!» sagte sie.

«Nein, meine Dame.»

«Conrad, du kannst doch nicht immer solche Sachen aufs Tapet bringen und dich dann darüber ausschweigen. Das ist nun schon das zweite Mal innerhalb von fünf Minuten.»

«Ich will niemanden mit meiner Medizin langweilen.»

«Du langweilst mich aber nicht. Diese Dinge interessieren mich sehr. Komm, erzähl schon. Sei kein Spielverderber.»

Es war hübsch, leicht beschwingt von den beiden Martinis in der Hotelbar zu sitzen und mit diesem charmanten Mann zu plaudern, diesem ruhigen, angenehmen, charmanten Mann. Er war nicht gehemmt. Ganz und gar nicht. Er war lediglich von Natur aus bedachtsam.

«Ist es denn so schockant?» fragte sie.

«Nein, das kann man nicht sagen.»

«Dann erzähl doch schon.»

Er nahm das Zigarettenpäckchen, das vor ihr lag, in die Hand und las den Aufdruck. «Es geht um folgendes», erklärte er dann. «Wenn man Menthol inhaliert, wird es vom Blut aufgenommen. Und das ist ungesund, Anna. Es übt eine ganz bestimmte Wirkung auf das Zentralnervensystem aus. Gelegentlich wird es deswegen auch von Ärzten verschrieben.»

«Das weiß ich», unterbrach sie ihn. «Schnupfentropfen und Inhalierspray.»

«Das ist eines der weniger wichtigen Anwendungsgebiete. Kennst du die anderen auch?»

«Bei Erkältungen reibt man sich die Brust damit ein.»

«Das kann man natürlich tun, aber helfen würde es überhaupt nicht.»

«Man mengt es in Heilsalben für aufgesprungene Lippen.»

«Das ist Kampfer.»

«Ja, stimmt.»

Er wartete, als wollte er sie noch einmal raten lassen.

«Nun sag schon», verlangte sie.

«Es wird dich vielleicht etwas überraschen.»

«Ich lasse mich ausgesprochen gern überraschen.»

«Menthol», dozierte Conrad geduldig, «ist ein bekanntes Antiaphrodisiakum.»

«Ein was?»

«Menthol unterdrückt sexuelle Regungen.»

«Conrad, du willst mir wohl was weismachen.»

«Ich schwöre dir, daß es so ist.»

«Wer gebraucht es denn dann?»

«Heutzutage kaum noch jemand. Es schmeckt zu stark durch. Salpeter ist da viel besser.»

«Ach ja, davon hab ich schon gehört.»

«Was hast du denn gehört?»

«Daß man es Gefangenen gibt», sagte Anna. «Sie mischen es ihnen jeden Morgen unter ihre Hafergrütze, um sie zu beruhigen.»

«Es ist auch in den Zigaretten», sagte Conrad.

«Du meinst, in denen, die die Gefangenen bekommen.»

«Nein, ich meine, in *allen* Zigaretten.»

«Aber das ist doch Unsinn.»

«Meinst du?»

«Aber natürlich.»

«Wie kannst du das sagen?»

«Niemand würde sich damit abfinden.»

«Man findet sich sogar mit Krebs ab.»

«Das ist ganz was anderes, Conrad. Woher willst du wissen, daß man Salpeter in die Zigaretten tut?»

«Hast du nie darüber nachgedacht», sagte er, «warum eine Zigarette weiterbrennt, wenn du sie in den Aschenbecher legst? Tabak brennt nicht von allein. Jeder Pfeifenraucher kann dir das bestätigen.»

«Na ja, vielleicht benutzen sie Chemikalien», sagte sie.

«Eben, eben. Sie benutzen Salpeter.»

«Brennt denn Salpeter?»

«Selbstverständlich. Früher war es ein Hauptbestandteil des Schießpulvers. Auch von Zündschnüren. Es ist sehr geeignet für Zündschnüre. Die Zigarette, die du da rauchst, ist eine erstklassige, langsam verbrennende Zündschnur. Verstehst du?»

Anna betrachtete ihre Zigarette. Obwohl sie schon einige Minuten lang nicht mehr daran gezogen hatte, brannte sie weiter, und von der Spitze ringelte sich der Rauch in einer graublauen Spirale in die Höhe.

«Also in dieser Zigarette ist danach Menthol *und* Salpeter?» fragte sie.

«Genau.»

«Und *beides* sind Antiaphrodisiaka.»

«Ja. Du kriegst gleich die doppelte Dosis.»

«Lächerlich, Conrad! Es ist doch viel zu wenig, um irgend etwas zu bewirken.»

Er lächelte und schwieg.

«Da ist doch nicht mal genügend drin, um eine Küchenschabe lahmzulegen», sagte sie.

«Das glaubst du, Anna. Wie viele rauchst du denn am Tag?»

«Ungefähr dreißig.»

«Na ja», meint er, «es geht mich im Grunde ja nichts an.» Er zögerte und fügte anschließend hinzu: «Aber wir beide wären heute vermutlich sehr viel besser dran, wenn es mich doch etwas anginge.»

«Conrad, was um alles in der Welt willst du damit sagen?»

«Ich meine lediglich, wenn du nicht damals plötzlich beschlossen hättest, mir den Laufpaß zu geben, wäre uns beiden viel Kummer erspart geblieben. Und wir wären heute noch glücklich miteinander verheiratet.»

Sein Gesicht war auf einmal sonderbar verkniffen.

«Ich – dir den Laufpaß gegeben?»

«Es war ein großer Schock für mich, Anna.»

«Du liebe Zeit!» gab sie zurück. «Aber so etwas passiert in diesem Alter doch oft, nicht wahr?»

«Das weiß ich nicht», antwortete Conrad.

«Du bist mir doch nicht immer noch böse, weil ich das damals getan habe?»

«Böse? Großer Gott, Anna, böse werden Kinder, wenn sie irgendein Spielzeug verlieren. Ich habe eine Frau verloren!»

Sie starrte ihn sprachlos an.

«Sag mal», fuhr er fort, «hattest du denn gar keine Ahnung, was ich damals eigentlich empfunden habe?»

«Aber Conrad, wir waren doch noch so *jung!*»

«Es hat mich vernichtet, Anna. Es hat mich völlig vernichtet.»

«Aber wieso . . .?»

«Wieso was?»

«Wieso hast du, wenn es dir soviel bedeutet hat, gleich kehrtgemacht und dich schon wenige Wochen später mit einer anderen verlobt?»

«Hast du denn nie etwas von Reaktion gehört?» fragte er.

Sie nickte und sah ihn entgeistert an.

«Ich habe dich wahnsinnig geliebt, Anna.»

Sie schwieg.

«Entschuldige», sagte er. «Ich habe mich gehenlassen. Bitte, verzeih mir.»

Langes Schweigen.

Conrad lehnte sich in seinen Stuhl zurück und sah sie an. Sie nahm sich wieder eine Zigarette aus dem Päckchen und steckte sie sich an. Dann blies sie das Streichholz aus und legte es bedächtig in den Aschenbecher. Als sie wieder aufblickte, beobachtete er sie noch immer mit einem starren, halb abwesenden Blick.

«Woran denkst du?» fragte sie.

Er schwieg.

«Conrad», sagte sie, «haßt du mich noch immer deswegen?»

«Dich hassen?»

«Ja, hassen. Ich habe nämlich das sonderbare Gefühl, daß du mich haßt. Ja, daß du mich noch nach all diesen Jahren haßt.»

«Anna», sagte er.

«Ja, Conrad?»

Er rückte seinen Sessel näher an den Tisch heran und beugte sich vor. «Ist es dir je in den Sinn gekommen . . .»

Er verstummte.

Sie wartete.

Er wirkte auf einmal so tiefernst, daß sie sich ebenfalls vorbeugte.

«Was soll mir in den Sinn gekommen sein?» fragte sie.

«Daß du und ich . . . daß wir beide . . . noch einen Schlußpunkt zu setzen haben?»

Sie starrte ihn an.

Er starrte zurück. «Sei nicht schockiert», sagte er. «Bitte.»

«Schockiert?»

«Du siehst aus, als hätte ich dich soeben gebeten, mit mir zusammen aus dem Fenster zu springen.»

Die Bar war jetzt voll besetzt. Es war sehr laut. Fast wie auf einer Cocktailparty. Man mußte fast schreien, um sich verständlich zu machen.

Conrads Augen ruhten auf ihr mit einem ungeduldigen, fast gierigen Blick.

«Ich hätte gern noch einen Martini», sagte sie.

«Muß das sein?»

«Ja», sagte sie, «das muß sein.»

In ihrem ganzen Leben hatte sie ausschließlich mit einem einzigen Mann geschlafen: mit ihrem Ehemann. Mit Ed. Und es war jedesmal schön gewesen.

Dreitausendmal?

Wahrscheinlich öfter. Wahrscheinlich viel öfter. Wer zählt so etwas?

Angenommen jedoch, daß die genaue Zahl (es mußte eine genaue Zahl geben) dreitausendsechshundertundachtzig betrug . . . und in dem Bewußtsein, daß es jedesmal ein Akt reiner, leidenschaftlicher Liebe zwischen demselben Mann und derselben Frau gewesen war . . . wie um Himmels willen konnte dann ein ganz anderer Mann, ein ungeliebter Fremder hoffen, beim dreitausendsechshundertund*ein*undachtzigstenmal für den anderen plötzlich einspringen zu können und auch nur in etwa willkommen zu sein?

Er wäre doch nur ein Eindringling.

Alle Erinnerungen würden zurückkommen. Sie würden daliegen und unter der Woge der Erinnerungen ersticken.

Genau dieses Argument hatte sie vor ein paar Monaten bei einer Sitzung mit Dr. Jacobs vorgebracht, und der alte Jacobs hatte geantwortet: «Es werden keine Erinnerungen kommen, das ist Unsinn, meine liebe Mrs. Cooper. Vergessen Sie das. Es wird für Sie nur die Gegenwart geben.»

«Aber wie soll ich das machen?» hatte sie ihn gefragt. «Woher soll ich den Mut nehmen, in ein Schlafzimmer zu gehen und mich vor einem ganz anderen Mann, einem Fremden, auszuziehen? Einfach so . . . eiskalt?»

«Eiskalt?» hatte er empört gerufen. «Mein Gott, liebe

Frau, es wird Ihnen siedend heiß werden!» Und später
hatte er dann gesagt: «Glauben Sie mir, Mrs. Cooper, jede
Frau, die nach über zwanzig Jahren ständigen – und, wie
ich verstanden habe, in Ihrem Fall außergewöhnlich akti-
ven – Sexuallebens plötzlich damit aufhört, leidet unter
psychischen Störungen, bis sie ihre alten Gewohnheiten
wieder aufnimmt. Sie fühlen sich jetzt sehr viel besser, das
weiß ich. Aber ist ist meine Pflicht, Sie darauf hinzuweisen,
daß Ihr Zustand noch keineswegs wieder ganz normal
ist . . .»

Zu Conrad sagte Anna jetzt: «Das soll doch etwa nicht
ganz zufällig ein therapeutischer Vorschlag sein – oder?»

«Ein *was*?»

«Ein therapeutischer Vorschlag.»

«Was um alles in der Welt soll das heißen?»

«Es klang genau, als hättest du mit meinem Dr. Jacobs
zusammen ein Attentat auf mich ausgeheckt.»

«Hör mal», sagte er und beugte sich jetzt ganz über den
Tisch, um mit einer Fingerspitze ihre linke Hand zu berühren, «als wir uns damals kannten, war ich zu jung und viel
zu nervös, um dir einen solchen Vorschlag zu machen,
auch wenn ich es noch so gern getan hätte. Außerdem
glaubte ich ja, daß wir noch viel Zeit hätten. Ich stellte mir
vor, wir hätten ein ganzes Leben vor uns. Woher sollte ich
wissen, daß du mir den Laufpaß geben würdest?»

Annas Martini kam. Sie nahm das Glas und begann
hastig zu trinken. Sie wußte genau, welche Wirkung der
Alkohol auf sie haben würde. Sie würde anfangen zu
schweben. So war es immer nach dem dritten Martini.

Wenn sie den dritten Martini trank, würde ihr Körper innerhalb von Sekunden schwerelos sein, und sie würde durch den Raum schweben wie ein Wölkchen Wasserstoffgas.

Sie saß da und hielt das Glas mit beiden Händen, als sei es ein Abendmahlskelch. Dann trank sie noch einen kräftigen Schluck, so daß nicht mehr viel im Glas übrigblieb. Über den Glasrand hinweg sah sie, wie Conrad sie mißbilligend beobachtete, während sie trank. Sie lächelte ihn strahlend an.

«Wenn du operierst, hast du doch auch nichts dagegen, ein Betäubungsmittel anzuwenden, oder?» fragte sie.

«Bitte, Anna, sag so was nicht.»

«Ich fange an zu schweben», sagte sie.

«Das sehe ich», antwortete er. «Warum hörst du nicht auf?»

«Was hast du gesagt?»

«Ich sagte, warum hörst du nicht auf?»

«Soll ich dir sagen, warum?»

«Nein.» Er machte eine Handbewegung, als wollte er ihr das Glas wegnehmen. Deswegen hob sie es hastig an die Lippen und stürzte den Rest Martini hinunter. Sie stülpte es für Sekunden fast um, damit auch der letzte Tropfen in ihre Kehle rann.

Als sie Conrad wieder ansah, legte er dem Kellner gerade einen Zehndollarschein aufs Tablett, und der Kellner sagte beflissen: «Danke, Sir. Vielen Dank!» Dann merkte sie, daß sie aus der Bar schwebte und von Conrad am Ellbogen mit leichter Hand durch die Hotelhalle zu den Fahrstühlen dirigiert wurde. Sie schwebten in den 21. Stock hinauf, den Flur entlang zu ihrer Tür. Sie fischte den Schlüssel aus ihrer Handtasche, schloß auf und schwebte ins Zimmer. Conrad folgte ihr und schloß die Tür. Dann packte er sie plötzlich, schloß sie in seine starken Arme und begann sie voller Hingabe zu küssen.

Er küßte sie auf den Mund, die Wangen, den Hals und holte zwischen den Küssen immer wieder tief Atem. Sie betrachtete ihn mit weit offenen Augen, sonderbar unbeteiligt, sah ihn wie in einer Großaufnahme vor sich, so etwa wie man das Gesicht des Zahnarztes vor sich sieht, wenn er an einem oberen Backenzahn arbeitet.

Und dann steckte Conrad plötzlich seine Zunge in ihr Ohr. Es wirkte auf sie wie ein elektrischer Schlag. Es war, als wäre ein Stecker mit 200 Volt in eine Steckdose geschoben worden, und alle Lichter gingen an. Ihre Knochen begannen zu schmelzen, und der heiße Schmelzfluß rann in ihre Glieder, bis sie in Flammen aufging. Es war die gleiche herrliche, wilde, rücksichtslose, flammende Explosion, wie Ed sie früher so oft bei ihr ausgelöst hatte, wenn er sie nur mit der Hand berührte. Sie warf die Arme um Conrads Hals und küßte ihn weit leidenschaftlicher, als er sie je geküßt hatte. Und wenn er zunächst auch aussah, als fürchte er, sie werde ihn bei lebendigem Leibe verschlingen, gewann er doch bald sein Gleichgewicht wieder.

Anna hatte nicht die leiseste Ahnung, wie lange sie dort standen und sich so hingebungsvoll küßten, aber es mußte ziemlich lange gewesen sein. Ein solches Glücksgefühl durchströmte sie . . . ein solches *Vertrauen* endlich wieder, ein so plötzliches, überwältigendes Selbstvertrauen, daß sie sich am liebsten die Kleider vom Leibe gerissen und mitten im Zimmer einen wilden Tanz für Conrad aufgeführt hätte. Aber so etwas Närrisches tat sie nicht. Statt dessen schwebte sie einfach davon, zum Bett hinüber, und setzte sich hin, um wieder zu Atem zu kommen. Conrad setzte sich sogleich neben sie. Sie legte den Kopf an seine Brust und genoß es, daß er ihr sanft über die Haare strich. Dann öffnete sie einen Knopf an seinem Hemd, schob ihre Hand hinein und legte sie auf seine Brust. Zwischen den Rippen spürte sie das Schlagen seines Herzens.

«Und was muß ich da sehen?» sagte Conrad auf einmal.

«Was mußt du wo sehen, Liebling?»

«Auf deiner Kopfhaut. Dagegen mußt du aber was tun, Anna.»

«Tu es für mich, Liebster.»

«Im Ernst», sagte er. «Weißt du, wie das aussieht? Wie ein winziges Anzeichen von androgener Alopezie.»

«Wunderbar!»

«Keineswegs wunderbar. Es ist eine Entzündung der Haardrüsen, die mit der Zeit zu einer Glatze führen kann. Das kommt bei älteren Frauen häufiger vor.»

«Ach, hör schon auf, Conrad!» Sie küßte ihn sanft auf den Hals. «Ich habe wundervolles Haar.»

Sie richtete sich auf und zog ihm die Jacke aus. Dann löste sie seine Krawatte und schleuderte sie quer durchs Zimmer.

«Hinten an meinem Kleid ist ein kleiner Haken», sagte

sie. «Würdest du ihn bitte öffnen?»

Conrad öffnete den Haken, zog den Reißverschluß herunter und half ihr aus dem Kleid. Darunter trug sie einen sehr hübschen hellblauen Unterrock. Conrad hatte, wie die meisten Ärzte, ein normales weißes Hemd an, dessen Kragen jetzt offenstand. Und das war ihm sehr recht. Rechts und links an seinem Hals liefen kräftige Muskeln entlang, und wenn er den Kopf drehte, sah man sie unter seiner Haut spielen. Er hatte den schönsten Hals, den Anna je bei einem Mann gesehen hatte.

«Laß uns alles ganz, ganz langsam machen», sagte sie. «Bis wir vor Ungeduld verrückt werden.»

Sein Blick ruhte einen Moment auf ihrem Gesicht und wanderte dann weiter, an ihrem Körper hinab. Sie sah ihn lächeln.

«Wollen wir ganz vornehm und verschwenderisch sein und uns eine Flasche Champagner kommen lassen, Conrad? Der Etagenkellner kann ihn bringen, und du versteckst dich im Badezimmer, während ich ihm aufmache.»

«Nein», sagte er. «Du hast schon genug getrunken. Bitte, steh auf.»

Der Ton, in dem er das sagte, veranlaßte sie, tatsächlich sofort aufzustehen.

«Komm her!» sagte er.

Sie trat dicht vor ihn hin. Er saß noch immer auf dem Bett, streckte jetzt ohne aufzustehen die Hand aus und begann ihr die restlichen Kleidungsstücke auszuziehen. Er tat es langsam und bedächtig. Sein Gesicht war auf einmal sehr blaß geworden.

«O Liebling», jubelte sie, «wie wunderbar! Fabelhaft, du hast ja richtig dichte Haare in deinen Ohren! Weißt du, was das bedeutet? Das ist der sichere Beweis für eine überdurchschnittlich starke Männlichkeit!» Sie beugte sich zu ihm herunter und küßte ihn liebevoll aufs Ohr. Er fuhr fort, sie auszuziehen: Büstenhalter, Schuhe, Miederhöschen, Schlüpfer und schließlich die Strümpfe. Alles warf er einfach zu Boden. Als er ihr auch den zweiten Strumpf ausgezogen und ihn fallen gelassen hatte, wandte er sich ab, als existierte sie nicht mehr, und begann sich nun selber auszuziehen.

Es war seltsam, so dicht vor ihm zu stehen ohne einen Faden am Leib, während er ihr keinen einzigen Blick mehr gönnte. Aber vielleicht war das bei Männern so üblich. Vielleicht war Ed eine Ausnahme gewesen. Woher sollte *sie* das wissen? Conrad zog zuerst sein weißes Hemd aus, faltete es sorgfältig zusammen, stand auf, trug es zu einem Sessel und legte es über die eine Armlehne. Das gleiche tat er mit seinem Unterhemd. Dann setzte er sich wieder auf die Bettkante und begann seine Schuhe auszuziehen. Anna verhielt sich ganz still und beobachtete ihn. Sein plötzlicher Stimmungsumschlag, sein Schweigen, seine merkwürdige Intensität – das alles flößte ihr eine leichte Furcht ein. Aber es erregte sie auch. In seinen Bewegungen lag eine verstohlene Geschmeidigkeit, ja, beinahe eine drohende Gefahr, als sei er ein herrliches Raubtier, das sich behutsam anschlich, um zu töten. Ein Leopard.

Fasziniert sah sie ihm zu. Sie beobachtete seine Finger, die Chirurgenfinger, wie sie die Schnürsenkel des linken

Schuhs lösten, den Schuh vom Fuß streiften und säuberlich mit der Spitze unters Bett stellten. Dann folgte der rechte Schuh. Anschließend die linke Socke und die rechte Socke, die beide sorgfältig zusammengelegt und mit äußerster Präzision über die Schuhspitzen drapiert wurden. Endlich bewegten sich die Finger auf den Hosenbund zu: Sie öffneten einen Knopf und zogen dann den Reißverschluß herunter. Die Hose wurde ausgezogen, in ihre Bügelfalte gelegt und ebenfalls zum Sessel getragen. Dann folgte die Unterhose.

Conrad selbst kehrte, inzwischen nackt, langsam zum Bett zurück und setzte sich auf die Kante. Und jetzt erst wandte er den Kopf und bemerkte Anna. Anna stand wartend da – wartend und zitternd. Langsam, bedächtig maß er sie von Kopf bis Fuß. Dann schoß auf einmal seine Hand vor, packte sie beim Handgelenk und riß sie mit einem scharfen Ruck quer über das Bett.

Die Erleichterung war ungeheuer. Anna umschlang ihn mit beiden Armen und hielt ihn fest, so fest – als fürchte sie, er könne fortgehen und nie mehr wiederkommen. So lagen sie da, Anna an ihn geklammert, als wäre er das letzte auf der Welt, woran sie sich festklammern könnte, und Conrad, der sich allmählich von ihr löste und begann, sie mit seinen Fingern, den geschickten Chirurgenfingern, an verschiedenen Körperstellen zu berühren. Und sofort stürzte sie wieder in einen Sinnesrausch.

Das, was er während der folgenden Minuten mit ihr machte, war schrecklich und wunderbar zugleich. Sie wußte, daß er sie lediglich bereit machte, vorbereitete oder, wie man im Krankenhaus sagte, die Operation einleitete, aber, o Gott, noch nie hatte sie etwas Ähnliches erlebt! Und alles ging so furchtbar schnell, in kaum mehr als wenigen Sekunden hatte sie jenen beinahe unerträglichen Punkt erreicht, an dem es kein Zurück mehr gab, an dem sich der ganze Raum zu einem einzigen, winzigen, blendenden Lichtpunkt zusammenzuziehen schien, der jeden Augenblick explodieren und sie bei der geringsten Berührung in Stücke zerreißen würde. In diesem Moment schwang Conrad mit einer einzigen schnellen, tigerhaften Bewegung seinen Körper zum Schlußakt auf sie.

Und jetzt fühlte Anna, wie ihre Leidenschaft ihr aus dem Körper gezogen wurde wie ein endlos langer, lebender Nerv, so als würde ein endlos langer, stromgeladener elektrischer Draht ihr langsam aus dem Körper gezogen, und sie schrie Conrad zu, er solle weiter, weiter, weitermachen, und während sie noch so schrie, hörte sie plötzlich eine andere Stimme irgendwo über sich, und diese andere Stimme wurde immer lauter und lauter, immer drängender und immer fordernder:

«Ich habe dich gefragt, ob du einen Schutz trägst?» verlangte die Stimme zu wissen.

«Oh, Liebling, was ist denn?»

«Ich frage dich dauernd, ob du einen Schutz trägst.»

«Wer? Ich?»

«Ich spüre da ein Hindernis. Anscheinend trägst du ein Pessar oder so etwas.»

«Aber nein, Liebling, natürlich nicht! Es ist so wunderbar mit dir! Bitte, sei still . . .»

«Es ist gar nicht so wunderbar, Anna.»

Wie das Bild auf einer Filmleinwand wurden die verschwommenen Umrisse des Raumes wieder klar. Dicht vor ihr schwebte Conrads Kopf, von seinen nackten Schultern getragen. Seine Augen starrten direkt in die ihren. Sein Mund sprach immer noch.

«Wenn du einen Schutz trägst, dann solltest du endlich lernen, wie man ihn korrekt einführt. Nichts ist so ärgerlich wie Nachlässigkeit bei diesen Dingern. Die Gummikappe muß ganz hinten direkt über den Muttermund gestülpt werden.»

«Aber ich benutze doch überhaupt nichts!»

«Wirklich nicht? Aber da ist doch ganz eindeutig ein Hindernis.»

Auf einmal schien nicht nur das Zimmer, sondern die ganze Welt langsam unter ihr davonzugleiten.

«Mir ist schlecht», sagte sie.

«Dir ist was?»

«Mir ist schlecht.»

«Sei nicht kindisch, Anna!»

«Conrad, bitte, laß mich. Bitte, laß mich.»

«Was soll das heißen?»

«Geh runter von mir, Conrad!»

«Das ist doch lächerlich! Anna. Na gut, es tut mir leid, daß ich was gesagt habe. Vergiß es.»

«*Geh!*» schrie sie ihn an. «*Geh runter! Geh runter! Geh runter!*»

Sie versuchte, ihn von sich zu stoßen, aber er war groß und stark und hielt sie fest.

«Beruhige dich!» mahnte er. «Lockere dich. Du kannst dich doch nicht plötzlich anders besinnen, wenn wir mitten dabei sind. Und fang um Gottes willen nicht noch an zu weinen.»

«Laß mich in Ruhe, Conrad. Bitte!»

Es kam ihr vor, als drücke er sie nieder, mit allem was ihm nur dienlich war, mit Armen und Ellbogen, Händen, Schenkeln und Knien, Knöcheln und Füßen. Er hielt sie umklammert wie eine gräßliche Kröte. Ja, das war es, eine riesige Kröte, die sie keuchend umklammerte und fest entschlossen schien, sie nicht loszulassen. Sie hatte einmal zugesehen, wie eine Kröte genau das tat. Das Tier kopulierte auf einem Stein am Bach mit einem Frosch: es saß da, regungslos, abstoßend, ein böses, gelbes Leuchten im Auge, hielt den Frosch mit den beiden kräftigen Vorderbeinen gepackt und wollte ihn nicht mehr loslassen . . .

«Hör auf, dich zu wehren, Anna. Du benimmst dich wie ein hysterisches Kind. Herrgott, Weib, was hast du denn bloß?»

«Du tust mir weh!» rief sie verzweifelt.

«Ich tue dir *weh*?»

«Du tust mir schrecklich weh!»

Sie sagte es nur, damit er sie endlich freigab.

«Weißt du auch, warum es weh tut?» fragte er.

«Conrad! Bitte!»

«Augenblick mal, Anna. Zuerst muß ich dir das erklären . . .»

«Nein!» schrie sie. «Du hast mir schon genug erklärt!»

«Meine liebe Dame . . .»

«Nein!» Sie kämpfte verzweifelt um ihre Freiheit, aber er hielt sie fest.

«Es tut weh», fuhr er fort, «weil du keine Gleitflüssigkeit produzierst. Die Schleimhaut ist vollkommen trocken . . .»

«Aufhören!»

«Die medizinische Bezeichnung dafür lautet senile atrophische Vaginitis. So etwas kommt mit dem Alter, Anna, deswegen heißt es *senile* Vaginitis. Leider kann man fast gar nichts dagegen tun . . .»

In diesem Augenblick begann sie zu schreien. Ihre Schreie waren nicht sehr laut, aber es waren echte Schreie, schreckliche, entsetzte, qualvolle Schreie, und als Conrad sich das eine Weile angehört hatte, rollte er mit einer einzigen, graziösen Bewegung von ihr herunter und schob sie mit beiden Händen zur Seite. Er schob so stark, daß sie vom Bett auf den Boden fiel.

Langsam kam sie wieder auf die Füße und schrie, während sie ins Badezimmer wankte, mit einer seltsam klagenden Stimme: «Ed! . . . Ed! . . . Ed! . . .» Dann fiel die Tür ins Schloß.

Conrad blieb still liegen und lauschte auf die Geräusche aus dem Bad. Zuerst hörte er nur das Schluchzen, dann aber, wenige Sekunden später, hörte er außerdem das scharfe, metallische Klick einer aufspringenden Schränkchentür. Sofort richtete er sich auf, sprang aus dem Bett und zog sich hastig an. Seine säuberlich gefalteten Kleidungsstücke lagen griffbereit, so daß er in Minutenschnelle fertig war. Dann ging er zum Spiegel und wischte sich mit

einem Taschentuch den Lippenstift vom Gesicht. Er zog
einen Kamm aus der Jackentasche und glättete sein dünnes
schwarzes Haar. Er schritt um das Bett herum und sah
nach, ob er auch nichts vergessen hatte. Dann trat er behutsam, so wie man auf Zehenspitzen aus einem Zimmer
schleicht, in dem ein Kind schläft, in den Hotelflur hinaus
und zog leise die Tür hinter sich ins Schloß.

Bitch

Ich habe bisher erst eine Episode aus Onkel Oswalds Tagebüchern zur Veröffentlichung freigegeben. Wie Sie vielleicht noch wissen, ging es dabei um eine intime Begegnung zwischen meinem Onkel und einer syrischen Aussätzigen in der Wüste Sinai. Seit der Veröffentlichung sind inzwischen sechs Jahre vergangen, und bis jetzt ist noch niemand gekommen, um mir Unannehmlichkeiten zu machen. Ich fühle mich deshalb ermutigt, eine zweite Episode aus diesen merkwürdigen Aufzeichnungen zu veröffentlichen. Mein Anwalt hat mir davon abgeraten. Er weist darauf hin, daß einige der Beteiligten noch leben und leicht zu identifizieren sind. Er sagt, man werde mich unnachsichtig verklagen. Schön, sollen sie doch! Ich bin stolz auf meinen Onkel. Er wußte, wie man das Leben genießen soll. In meinem Vorwort zur ersten Episode sagte ich, daß sich Casanovas *Memoiren* neben den Tagebüchern meines Onkels Oswald wie ein Kirchenblättchen ausnehmen und daß der große Liebhaber im Vergleich zu meinem Onkel sexuell entschieden minderbemittelt erscheint. Dazu stehe ich nach wie vor, und ich gedenke es der Welt zu gegebener Zeit zu beweisen. Hier also eine kleine Episode aus Band XXIII, genau wie Onkel Oswald sie niedergeschrieben hat.

Paris, Donnerstag

Frühstück um zehn. Ich probierte den neuen Honig. Er wurde gestern in einem Zuckertopf aus altem Sèvres-Porzellan abgeliefert, der den kostbaren kanariengelben Grundton aufwies, den die Franzosen *jonquille* nennen. «Von Suzie», stand auf dem Billett, «und vielen Dank.» Es ist nett, wenn man Anerkennung findet. Und der Honig schmeckte interessant. Suzie Jolibois besaß unter anderem ein kleines Gut südlich von Casablanca und war vernarrt in Bienen. Ihre Bienenkörbe standen mitten in einer Pflanzung von *Cannabis indica*, und die Bienen holten sich ihren Nektar ausschließlich von dieser Quelle. Sie lebten, diese Bienen, in einem Zustand permanenter Euphorie und hatten keine Lust zur Arbeit. Der Honig war deshalb sehr rar. Ich bestrich das dritte Stück Toast damit. Das Zeug war fast schwarz. Es hatte ein strenges Aroma. Das Telefon klingelte. Ich nahm den Hörer ans Ohr und wartete. Ich rede nie zuerst, wenn ich angerufen werde. Schließlich bin nicht ich es, der anruft. Man ruft mich an.

«Oswald! Sind Sie's?»

Ich kannte die Stimme. «Ja, Henri», sagte ich. «Guten Morgen.»

«Hören Sie!» sagte er. Er sprach schnell und aufgeregt. «Ich glaube, ich hab's! Ich bin fast sicher, daß ich's habe!

Entschuldigen Sie, wenn ich so außer Atem bin, aber ich hatte gerade ein ziemlich phantastisches Erlebnis. Jetzt ist alles wieder in Ordnung. Alles sehr gut. Wollen Sie rüberkommen?»

«Ja», sagte ich. «Ich komme gleich rüber.» Ich legte den Hörer wieder auf und goß mir noch eine Tasse Kaffee ein. Hatte Henri es endlich geschafft? Wenn ja, dann wollte ich dabeisein, um an dem Spaß teilzuhaben.

Ich muß hier unterbrechen, um Ihnen zu erzählen, wie ich Henri Biotte kennenlernte. Vor ungefähr drei Jahren fuhr ich in die Provence hinunter, um ein Sommerwochenende mit einer Dame zu verbringen, die mich einfach deshalb interessierte, weil sie einen außergewöhnlich kräftigen Muskel hatte – und zwar an einer Stelle, wo andere Frauen überhaupt keine Muskeln haben. Eine Stunde nach der Ankunft schlenderte ich allein über den Rasen am Fluß, als sich mir ein kleiner dunkelhaariger Herr näherte. Er hatte schwarze Haare auf den Handrücken, und er machte eine kleine Verbeugung vor mir und sagte: «Henri Biotte, auch ein Gast des Hauses.»

«Oswald Cornelius», sagte ich.

Henri Biotte war so haarig wie ein Ziegenbock. Kinn und Wangen waren mit starkem schwarzem Haar bedeckt, und dicke Haarbüschel wuchsen ihm aus der Nase. «Darf ich mich Ihnen anschließen?» fragte er und redete sofort los. Und wie er reden konnte! Wie gallisch, wie erregt. Er hüpfte beim Gehen so komisch, und seine Finger flogen, als wollte er sie in alle vier Himmelsrichtungen schleudern, und seine Worte knatterten mit beängstigender Schnelligkeit wie Knallfrösche. Er sei belgischer Chemiker, sagte er, und arbeite in Paris. Er sei Olfaktologe. Er habe sein Leben dem Studium der Olfaktologie geweiht.

«Sie meinen Geruch?» sagte ich.

«Ja, ja!» rief er. «Genau! Ich bin Experte für Gerüche. Ich weiß mehr über Gerüche als irgend jemand auf der Welt!»

«Gute oder schlechte?» fragte ich und versuchte, ihn etwas zu dämpfen.

«Gute Gerüche, köstliche Gerüche, herrliche Gerüche!» sagte er. «Ich mache sie! Ich kann jeden Geruch machen, den Sie sich wünschen.»

Er fuhr fort und erzählte mir, er sei der Chefparfumeur eines der großen Modehäuser der Stadt. Und seine Nase, sagte er, einen behaarten Finger an die Spitze seines behaarten Rüssels legend, sehe wahrscheinlich genau aus wie alle anderen Nasen, nicht wahr? Ich hätte ihm gern gesagt, daß aus seinen Nasenlöchern mehr Haare wuchsen als Weizen auf der Prärie und weshalb er sie nicht von seinem Friseur abschneiden lasse, aber statt dessen gestand ich höflich, ich könne nichts Ungewöhnliches daran entdecken.

«Genau», sagte er. «Aber in Wirklichkeit ist sie ein Riechorgan von phänomenaler Empfindlichkeit. Zweimal schnuppern, und sie kann in fünf Litern Geranienöl schon einen einzigen Tropfen makrozyklischen Moschus aufspüren.»

«Außerordentlich», sagte ich.

«Auf den Champs-Élysées», fuhr er fort, «immerhin

eine breite Hauptverkehrsstraße, kann meine Nase genau feststellen, welches Parfum eine Frau benutzt, die auf der anderen Straßenseite geht.»

«Mit dem Verkehr dazwischen?»

«Mit dichtem Verkehr dazwischen», sagte er.

Er nannte mir sodann zwei der berühmtesten Parfums der Welt, die beide von dem Modehaus hergestellt wurden, für das er arbeitete. «Es handelt sich um Kreationen von mir», sagte er bescheiden. «Ich habe sie selbst gemischt. Sie haben der berühmten alten Hexe, der das Geschäft gehört, ein Vermögen eingebracht.»

«Aber Ihnen nicht?»

«Mir! Ich bin nur ein kleiner elender Angestellter, ein Gehaltsempfänger», sagte er, spreizte die Hände und zog die Schultern so hoch, daß sie die Ohrläppchen berührten. «Eines Tages werde ich jedoch ausbrechen und meinen Traum wahr machen.»

«Sie haben einen Traum?»

«Ich habe einen herrlichen, fabelhaften, aufregenden Traum, mein lieber Herr!»

«Warum machen Sie ihn dann nicht wahr?»

«Weil ich zuerst einen Mann finden muß, der genügend Weitblick und Geld besitzt, um mich zu unterstützen.»

Aha, dachte ich, daher weht also der Wind. «Bei Ihrem Ruf dürfte das nicht allzu schwierig sein», sagte ich.

«Ein reicher Mann, wie ich ihn suche, ist schwer zu finden», antwortete er. «Er muß das Naturell eines Glücksspielers und einen sehr ausgeprägten Sinn für das Bizarre haben.»

Das bin ich, du gerissener kleiner Kerl, dachte ich. «Wie sieht dieser Traum aus, den Sie verwirklichen wollen?» fragte ich. «Wollen Sie Parfums produzieren?»

«Mein lieber Herr!» rief er. «*Parfums* kann jeder machen! Ich spreche von *dem* Parfum. Dem *einzigen*, das zählt!»

«Was für eins wäre das?»

«Also, natürlich das *gefährliche*! Und wenn ich es gemacht habe, werde ich die Welt beherrschen!»

«Gut für Sie», sagte ich.

«Ich scherze nicht, Monsieur Cornelius. Darf ich Ihnen erklären, was ich vorhabe?»

«Schießen Sie los.»

«Entschuldigen Sie, wenn ich mich setze», sagte er, auf eine Bank zustrebend. «Ich hatte letzten April einen Herzanfall und muß vorsichtig sein.»

«Tut mir leid, das zu hören.»

«Oh, es braucht Ihnen nicht leid zu tun. Solange ich nichts übertreibe, wird alles gutgehen.»

Es war ein köstlicher Nachmittag, und die Bank stand auf dem Rasen nahe am Flußufer, und wir nahmen darauf Platz. Neben uns strömte der Fluß gemächlich und glatt und tief dahin, und über dem Wasser schwebten kleine Wolken von Wasserfliegen. Das gegenüberliegende Flußufer war mit Weiden gesäumt, und hinter den Weiden lag eine smaragdgrüne Wiese, gelb von Butterblumen, auf der eine einzelne Kuh weidete. Die Kuh war braun und weiß.

«Ich will Ihnen erzählen, was für ein Parfum ich machen möchte», sagte er. «Vorher muß ich Ihnen aber ein paar andere Dinge erklären, weil Sie sonst nicht alles verstehen. Haben Sie also ein bißchen Geduld.» Seine eine Hand lag schlaff auf seinem Knie. Mit dem behaarten Rücken sah sie aus wie eine schwarze Ratte. Er streichelte sie zärtlich mit den Fingern der anderen Hand.

«Zuerst», sagte er, «wollen wir das Phänomen betrachten, zu dem es kommt, wenn ein Hund eine läufige Hündin trifft. Der Sexualtrieb des Hundes ist gewaltig. All seine Selbstbeherrschung schwindet dahin. Er hat nur noch einen Gedanken im Kopf, nämlich auf der Stelle zu kopulieren, und wenn man ihn nicht mit Gewalt daran hindert, wird er es auch tun. Wissen Sie aber, wodurch dieser gewaltige Sexualtrieb beim Hund ausgelöst wird?»

«Durch den Geruch», sagte ich.

«Genau, Monsieur Cornelius. Geruchsmoleküle von einer bestimmten Anordnung dringen in die Nüstern des Hundes und reizen seine Riechhärchen. Auf diese Weise werden starke Signale zu den Riechnerven gesandt und von dort an die höheren Hirnzentren weitergeleitet. Es ist *alles* eine Sache des Geruchs. Wenn man den Riechnerv eines Hundes durchtrennt, wird er jedes Interesse am Sex verlieren. Das gilt auch für viele andere Säugetiere, nicht aber für den Menschen. Der Geruch hat nichts mit dem sexuellen Verlangen des Mannes zu tun. Er wird in dieser Hinsicht vom Anblick, vom Tastsinn und von seiner lebhaften Phantasie gereizt. Nie vom Geruch.»

«Und was ist mit Parfums?» fragte ich.

«Alles Quatsch!» antwortete er. «All diese teuren Düfte in Kristallfläschchen, die ich mache, sie haben überhaupt keine aphrodisiakische Wirkung auf Männer. Parfum hat nie diesem Zweck gedient. In früheren Zeiten benutzten die Frauen es, um zu verbergen, daß sie stanken. Heute, wo sie nicht mehr stinken, benutzen sie es ausschließlich aus narzißtischen Gründen. Es macht ihnen Spaß, es aufzutragen und den eigenen Wohlgeruch zu riechen. Männer bemerken das Zeug kaum. Das garantiere ich.»

«Ich schon», sagte ich.

«Regt es Sie körperlich an?»

«Nein, nicht körperlich. Wohl eher ästhetisch, ja.»

«Sie genießen den Duft. Ich auch. Aber es gibt viele andere Gerüche, die ich mehr genieße – das Bukett eines guten Lafitte, den Duft einer frischen Landbirne oder den Geruch der Seeluft an der bretonischen Küste.»

Eine Forelle schnellte aus der Mitte des Flusses, und ihr Körper glitzerte im Sonnenlicht. «Sie müssen», sagte Monsieur Biotte, «all den Unsinn von Moschus und Ambra und den Hodensekreten der Zibetkatze vergessen. Wir machen die Parfums heutzutage aus Chemikalien. Wenn ich Moschusgeruch haben will, nehme ich Sebacinsäure. Phenylacetaldehyd verschafft mir Zibet, und Benzaldehyd liefert den Geruch von bitteren Mandeln. Nein, mein Herr, ich interessiere mich nicht länger dafür, Chemikalien zusammenzumixen, um hübsche Gerüche zu produzieren.»

Seit einigen Minuten lief seine Nase ein bißchen, so daß die schwarzen Haare in den Nasenlöchern feucht wurden. Er bemerkte es, zog sein Taschentuch heraus, schneuzte sich und tupfte seine Nase ab. «Was ich vorhabe», sagte er, «ist, ein Parfum herzustellen, das auf einen Mann dieselbe elektrisierende Wirkung hat wie der Duft einer läufigen Hündin auf einen Hund! Ein Schnuppern genügt! Der Mann wird all seine Beherrschung verlieren. Er wird sich die Hose vom Leib reißen und die Dame auf der Stelle schänden!»

«Damit könnten wir einigen Spaß haben», sagte ich.

«Wir könnten die Welt beherrschen!» rief er.

«Ja, aber Sie haben mir eben erzählt, daß der Geruch nichts mit dem sexuellen Verlangen des Mannes zu tun hat.»

«Nicht mehr», sagte er. «Aber früher war es so. Ich habe Beweise dafür, daß der Urmensch der späten Eiszeit, der viel näher dem Affen verwandt war als wir, immer noch die typische Geruchsreaktion der Affen hatte. Er besprang also jede Frau mit dem richtigen Geruch, die ihm über den Weg lief. Und später, im Paläolithikum und in der Jungsteinzeit, wurde er vom Geruch immer noch sexuell angeregt, wenn auch zunehmend weniger. Als um 2000 vor Christus die Hochkulturen in China und Ägypten entstanden waren, hatte die Evolution ganze Arbeit geleistet und die Fähigkeit des Menschen, sich vom Geruch sexuell stimulieren zu lassen, völlig unterdrückt. Langweile ich Sie?»

«Mitnichten. Aber sagen Sie, bedeutet das, daß im Geruchsorgan des Menschen eine echte körperliche Veränderung stattgefunden hat?»

«Keineswegs», sagte er, «wenn das so wäre, könnten wir nichts mehr daran ändern. Jenes feine System, mit dem unsere Vorfahren diese subtilen Düfte wahrnehmen konnten, gibt es noch heute. Das weiß ich. Sehen Sie, haben Sie schon mal erlebt, daß manche Leute ihre Ohren ein wenig bewegen können?»

«Das kann ich auch», sagte ich. Und ich tat es.

«Sie sehen also», sagte er, «daß der Muskel, der die Ohren bewegt, immer noch da ist. Er ist ein Überbleibsel aus der Zeit, als der Mensch noch seine Ohren nach vorn spitzen konnte, um besser zu hören – wie ein Hund. Er verlor diese Fähigkeit vor über hunderttausend Jahren, aber der Muskel ist geblieben. Und dasselbe gilt für unser Geruchsorgan. Das Nervensystem, das jene geheimen Düfte wahrnimmt, gibt es immer noch, aber wir haben die Fähigkeit verloren, es zu gebrauchen.»

«Wie können Sie so sicher sein, daß es noch existiert?» sagte ich.

«Wissen Sie, wie unser Geruchssinn funktioniert?» fragte er.

«Nicht genau.»

«Dann werde ich es Ihnen sagen, denn andernfalls kann ich Ihre Frage nicht beantworten. Passen Sie bitte genau auf. Durch die Nasenlöcher wird Luft eingesogen, und sie passiert die drei Nasenmuscheln im oberen Teil der Nase. Hier wird sie erwärmt und gereinigt. Die warme Luft streicht nun weiter oben über die beiden Hälften des Riechfeldes hinweg, das durch die Nasenscheidewand getrennt ist. Dieses eigentliche Riechorgan besteht aus zwei gelblichen Gewebetupfen, die jeweils rund 120 Quadratmillimeter groß sind. In dieses Gewebe sind die Nervenfasern und Nervenenden des Riechnervs eingebettet. Jedes Nervenende besteht aus einer Riechzelle, die ein Büschel winziger Riechhärchen trägt. Diese Härchen arbeiten als Rezeptoren oder, besser gesagt, als Empfänger. Werden die Empfänger von Duftmolekülen gekitzelt oder gereizt, senden sie Signale zum Gehirn. Wenn Sie zum Beispiel morgens die Treppe hinuntergehen und in Ihren Nasenlöchern die Duftmoleküle von gebratenem Schinkenspeck schnuppern, reizen diese Moleküle ihre Empfänger, und die Empfänger schicken sofort ein Signal über den Riechnerv ins Gehirn. Das Gehirn deutet dieses Signal dann je nach Art und Intensität. Und in diesem Augenblick rufen Sie aus: «Aha, Schinkenspeck zum Frühstück!»

«Ich esse nie Schinkenspeck zum Frühstück», sagte ich. Das ignorierte er.

«Diese Empfänger», fuhr er fort, «diese winzigen Riechhärchen sind für uns das entscheidende. Und jetzt werden Sie mich gleich fragen, wie um alles in der Welt diese Härchen ein Duftmolekül vom anderen unterscheiden können – sagen wir einmal Pfefferminz von Kampfer.»

«Ja, wie können sie das?» fragte ich. Es interessierte mich.

«Passen Sie jetzt aber bitte genau auf», sagte er. «Am Ende jedes Empfängers befindet sich eine Einbuchtung, eine Art Becher, nur daß er nicht rund ist. Das ist der eigentliche Empfänger. Stellen Sie sich nun Tausende von diesen winzigen Riechhärchen mit winzigen Bechern vor, die sich wie die Haaare von Seeanemonen in allen Richtungen bewegen und darauf warten, daß ihre Becher alle vorbeikommenden Duftmoleküle einfangen. Das ist es nämlich, was tatsächlich passiert. Wenn Sie einen bestimmten Geruch wahrnehmen, strömen die Duftmoleküle der Substanz, die den betreffenden Geruch verursacht, in Ihre Nasenlöcher und werden von den kleinen Bechern, den Empfängern, eingefangen. Jetzt ist aber folgendes wichtig. Die Moleküle haben alle möglichen Formen und Größen. Auch die kleinen Becher oder Empfänger sind verschieden geformt. Die Moleküle setzen sich deshalb nur in den Empfängern fest, die zu ihnen passen. Pfefferminzmoleküle gelangen nur in besondere Pfefferminzempfänger. Kampfermoleküle, die ganz anders geformt sind, passen nur in die speziellen Kampferempfänger und so weiter. Es ist genau wie bei den Spielzeugen für Kleinkinder, bei denen man verschieden geformte Teile in die richtigen Öffnungen stecken muß.»

«Ich will einmal sehen, ob ich Sie recht verstehe», sagte ich. «Sie wollen also sagen, mein Gehirn weiß nur deshalb, daß es Pfefferminzgeruch ist, weil sich das Molekül in einem Pfefferminzempfänger festgesetzt hat?»

«Genau.»

«Aber Sie wollen doch nicht behaupten, daß es für jeden Geruch der Welt bestimmte Empfänger gibt?»

«Nein», sagte er. «In Wirklichkeit hat der Mensch nur sieben verschieden geformte Empfänger.»

«Warum nur sieben?»

«Weil unser Geruchssinn nur sieben ‹reine Primärgerüche› wahrnehmen kann. Bei allen anderen handelt es sich um ‹zusammengesetzte Gerüche›, die aus Mischungen der

Primärgerüche bestehen.»

«Sind Sie da ganz sicher?»

«Bestimmt. Unser Geschmackssinn unterscheidet noch weniger. Er kennt nur vier primäre Geschmacksempfindungen – süß, sauer, salzig und bitter. Alle anderen Geschmacksempfindungen sind Mischungen davon.»

«Und was sind die sieben reinen Primärgerüche?» fragte ich ihn.

«Ihre Namen sind für uns nicht wichtig», sagte er. «Warum die Sache noch komplizierter machen?»

«Ich möchte es gern wissen.»

«Na schön», sagte er. «Sie heißen kampfrig, scharf, moschusartig, ätherisch, blumig, pfefferminzartig und faulig. Schauen Sie nicht so skeptisch. Es ist nicht *meine* Entdeckung. Sehr gelehrte Wissenschaftler haben jahrelang daran gearbeitet. Und ihre Schlußfolgerungen sind ziemlich korrekt, *mit einer Ausnahme.*»

«Und welche wäre das?»

«Es gibt einen achten reinen Primärgeruch, von dem sie nichts wissen, und einen achten Empfänger für die eigenartig geformten Moleküle dieses Geruchs!»

«Ah-ha-ha!» sagte ich. «Ich sehe, worauf Sie hinauswollen.»

«Ja», sagte er, «der achte reine Primärgeruch ist das sexuelle Stimulans, das den Mann der Urzeit vor vielen Jahrtausenden dazu veranlaßte, sich genauso wie ein Hund aufzuführen. Er hat eine ganz besondere Molekularstruktur.»

«Sie kennen ihn also?»

«Natürlich kenne ich ihn.»

«Und Sie sagen, wir haben die Empfänger für diese besonderen Moleküle immer noch?»

«Genau.»

«Dieser mysteriöse Geruch», sagte ich, «gelangt er auch heute noch in unsere Nüstern?»

«Des öfteren.»

«Riechen wir ihn? Ich meine, sind wir uns seiner bewußt?»

«Nein.»

«Sie meinen, die Moleküle werden nicht von den Empfängern eingefangen?»

«Sie werden, mein Lieber, sie werden. Aber es passiert nichts. Kein Signal wird zum Gehirn gesendet. Die Telefonleitung ist unterbrochen. Es ist wie bei dem Ohrmuskel. Der Mechanismus ist noch da, aber wir haben die Fähigkeit verloren, ihn richtig zu gebrauchen.»

«Und was wollen Sie da machen?» fragte ich.

«Ich werde ihn reaktivieren», sagte er. «Wir haben es hier mit Nerven zu tun, nicht mit Muskeln. Und diese Nerven sind nicht etwa tot oder verletzt, sie ruhen nur. Wahrscheinlich werde ich den Geruch tausendfach verstärken und einen Katalysator hinzufügen.»

«Weiter», sagte ich.

«Das ist alles.»

«Ich würde gern noch mehr Details darüber hören», sagte ich.

«Verzeihen Sie, wenn ich das sage, Monsieur Cornelius, aber ich glaube nicht, daß Sie genug über die Eigenschaften der Organe wissen, um mir noch weiter folgen zu können. Die Vorlesung ist beendet.»

Henri Biotte saß selbstgefällig und gelassen auf der Bank am Fluß und streichelte mit den Fingern der einen Hand den Rücken der anderen. Die aus seinen Ohren sprießenden Haarbüschel verliehen ihm das Aussehen eines Gnoms, aber das war Tarnung. Für mich war er vielmehr eine gefährliche und exzentrische kleine Kreatur, jemand, der mit scharfblickenden Augen und einem Stachel am Schwanz hinter einem Felsen lauert und darauf wartet, daß der einsame Reisende vorbeikommt. Verstohlen inspizierte ich sein Gesicht. Der Mund interessierte mich. Die Lippen hatten eine bläuliche Tönung, was möglicherweise mit seiner Herzgeschichte zusammenhing. Die Unterlippe war wulstig und hing nach unten. Sie wölbte sich noch in der Mitte vor wie ein kleines Tellerchen, und man hätte leicht eine kleine Münze darauf legen können. Die Lippe wirkte so prall, als sei sie mit Luft aufgeblasen, und die Haut war ständig feucht, nicht vom Lecken, sondern vom übermäßigen Speichel im Mund.

Und da saß er, dieser Monsieur Henri Biotte, und wartete mit einem bösen leisen Lächeln geduldig darauf, daß ich reagierte. Er war ein vollkommen amoralischer Mensch, das war mir klar, aber das war ich auch. Er war auch ein böser Mensch, und obwohl ich Bosheit bei aller Offenheit nicht zu meinen Tugenden zählen kann, finde ich sie bei anderen unwiderstehlich. Ein böser Mensch hat seinen eigenen Reiz. Und außerdem strahlt etwas Diabolisches von einer Person aus, die die Sexualgewohnheiten des zivi-

lisierten Menschen um eine halbe Million Jahre zurückver-
setzen will.

Ja, er hatte mich an der Angel. Also machte ich Henri
sofort, an Ort und Stelle, dort am Fluß im Garten der
Dame aus der Provence, ein Angebot. Ich schlug ihm vor,
seine jetzige Stellung sogleich aufzugeben und sich ein
kleines Laboratorium einzurichten. Ich würde für sämtliche Kosten dieses kleinen Abenteuers aufkommen und
ihm überdies ein gutes Gehalt zahlen. Es sollte ein Fünf-
jahresvertrag sein, und wir würden uns alles, was dabei
etwa herauskam, zur Hälfte teilen.

Henri war hingerissen. «Wollen Sie das wirklich?» rief
er. «Meinen Sie es ernst?»

Ich streckte meine Hand aus. Er packte sie mit beiden
Händen und schüttelte sie heftig. Es war, als hätte man den
Huf eines Ziegenbocks in der Hand. «Wir werden die
Menschheit beherrschen!» sagte er. «Wir werden die neuen
Götter dieser Welt sein!» Er schlang die Arme um mich,
zog mich an sich und küßte mich erst auf die eine, dann auf
die andere Wange. Oh, diese schreckliche gallische Küsse-
rei! Henris Unterlippe fühlte sich auf meiner Haut wie der
feuchte Unterleib einer Kröte an. «Wir wollen nicht zu
früh feiern», sagte ich und tupfte mich mit meinem Batist-
tuch.

Henri Biotte verabschiedete sich bei der Gastgeberin
unter Entschuldigungen und Ausreden und eilte noch in
derselben Nacht nach Paris zurück. Binnen einer Woche
hatte er seine alte Stellung aufgegeben und drei Räume
gemietet, die ihm als Laboratorium dienen sollten. Sie

befanden sich im dritten Stock eines Hauses auf der Rive gauche, in der rue de Cassette, ganz in der Nähe des boulevard Raspaille. Er gab eine Menge von meinem Geld aus, um die Wohnung mit komplizierten Apparaten und Geräten auszurüsten, und er stellte auch einen großen Käfig auf, in den er zwei Affen steckte, ein Männchen und ein Weibchen. Er stellte ferner eine Assistentin ein, eine gescheite und einigermaßen präsentable junge Dame, die Jeanette hieß. Und so begann er mit der Arbeit.

Sie müssen verstehen, daß dieses kleine Abenteuer für mich keine große Bedeutung hatte. Ich hatte so viele andere Möglichkeiten, mich zu amüsieren. Ich schaute vielleicht ein paarmal im Monat bei Henri herein, um zu sehen, wie die Dinge sich entwickelten, überließ ihn aber sonst völlig sich selbst. Im einzelnen beschäftigte mich seine Arbeit nicht weiter, und ich hatte nicht die Geduld für seine Forschungen. Und als die Ergebnisse auf sich warten ließen, verlor ich schließlich alles Interesse. Selbst das sexbesessene Affenpaar amüsierte mich nicht mehr.

Nur einmal machte mir ein Besuch in seinem Labor ausgesprochen Vergnügen. Wie Sie inzwischen wissen sollten, kann ich selbst einer nur einigermaßen präsentablen Frau selten widerstehen. An einem regnerischen Donnerstagnachmittag nun, als Henri gerade im Nebenzimmer Elektroden an den olfaktorischen Organen eines Frosches applizierte, ertappte ich mich dabei, wie ich im anderen Zimmer ein ungleich erfreulicheres Ding bei Jeanette applizierte. Ich hatte mir natürlich von diesem kleinen Scherz nichts Außergewöhnliches versprochen. Ich tat es mehr aus Gewohnheit. Aber du meine Güte, was für eine Überraschung mußte ich erleben! Unter ihrem weißen Kittel erwies sich diese so gestrenge Forscherin als sehnige und geschmeidige Gespielin von enormer Gewandtheit. Die Experimente, die sie machte, zuerst mit dem Oszillator, dann mit der Schnellzentrifuge, waren absolut atemberaubend. Es wäre hier zu sagen, daß ich seit meinem Erlebnis mit der türkischen Seiltänzerin (siehe Bd. XXIII) nichts Ähnliches erlebt hatte. Was alles zum tausendstenmal beweist, daß Frauen so unergründlich sind wie das Meer. Man weiß nie, was man unter dem Kiel hat, tiefes oder seichtes Wasser, bis man das Senkblei wirft.

Ich dachte nicht daran, das Labor danach noch einmal aufzusuchen. Sie kennen inzwischen meine Gepflogenheiten. Ich kehre nie ein zweites Mal zu einer Frau zurück. Bei mir ziehen die Frauen unweigerlich schon bei der ersten Begegnung alle Register, und ein zweites Treffen kann deshalb nicht mehr sein als die gleiche alte Melodie auf derselben alten Geige. Wer hätte danach schon Verlangen. Ich jedenfalls nicht. Als ich an jenem Morgen also plötzlich beim Frühstück Henris drängende Stimme am Telefon hörte, hatte ich seine Existenz schon beinahe vergessen.

Ich fuhr durch den teuflischen Pariser Verkehr zur rue de Cassette. Ich parkte meinen Wagen und fuhr im engen Lift zum dritten Stock hinauf. Henri öffnete die Tür des Labors. «Nicht bewegen!» rief er. «Bleiben Sie da, wo Sie sind!» Er eilte fort und kehrte nach ein paar Sekunden mit einem kleinen Tablett zurück, auf dem zwei fettig aussehende Gegenstände aus rotem Gummi lagen. «Nasenstöpsel», sagte er. «Stecken Sie sie bitte in die Nase. Wie ich. Um die Moleküle fernzuhalten. Nur fest hinein damit! Sie müssen durch den Mund atmen, aber das ist ja nicht so schlimm.»

Am stumpfen Ende der Nasenstöpsel waren kurze blaue Fäden befestigt, wahrscheinlich, um die Stöpsel wieder aus den Nasenlöchern herauszuziehen. Ich sah, wie diese blauen Fäden aus Henris Nasenlöchern heraushingen. Ich führte also meine Stöpsel ein. Henri inspizierte sie. Mit dem Daumen rammte er sie noch etwas tiefer hinein. Dann tänzelte er zum Labor zurück, winkte mit seinen behaarten Händen und rief: «Kommen Sie jetzt herein, mein lieber Oswald! Nur herein! Herein! Entschuldigen Sie bitte meine Erregung, aber dies ist ein großer Tag für mich.» Wegen der Stöpsel in seiner Nase sprach er, als hätte er eine schwere Erkältung. Er hüpfte zu einem Schrank hinüber, griff hinein und holte eines jener kleinen viereckigen Fläschchen aus sehr dickem Glas heraus, die ungefähr eine Unze Parfum fassen. Er trug es zu mir herüber, wobei seine Hände es so zärtlich umschlossen, als trügen sie ein kleines Vögelchen. «Sehen Sie! Hier ist es! Die kostbarste Flüssigkeit der Welt!»

Solche idiotischen Übertreibungen kann ich nicht ausstehen. «Sie meinen also, Sie haben es geschafft?» fragte ich.

«Ich *weiß*, daß ich es geschafft habe, Oswald. Ich bin mir sicher, daß ich es geschafft habe.»

«Erzählen Sie mir, was passiert ist.»

«Das ist nicht so einfach», sagte er. «Aber ich will es

versuchen.» Er stellte die kleine Flasche vorsichtig auf die Bank. «Ich hatte diese spezielle Mischung, Nr. 1076, heute nacht zum Destillieren dagelassen», fuhr er fort. «Weil alle halbe Stunde nur ein Tropfen destilliert wird. Ich ließ sie in einen luftdicht verschlossenen Glasbehälter tropfen, damit sie nicht verdampfen kann. Alle diese Flüssigkeiten verflüchtigen sich sehr leicht. Und kurz nachdem ich heute morgen um halb acht kam, ging ich zu Nr. 1076 und öffnete den Gefäßverschluß. Ich schnupperte ein bißchen. Nur ein kleines bißchen. Dann legte ich den Verschluß wieder drauf.»

«Und dann?»

«Oh, mein Gott, Oswald, es war phantastisch! Ich verlor völlig die Kontrolle über mich! Ich tat Dinge, die mir auch in einer Million Jahren nicht im Traum eingefallen wären!»

«Zum Beispiel?»

«Mein Lieber, ich wurde völlig wild! Ich wurde zum wilden Tier! Zur Bestie! Nichts Menschliches war mehr an mir. Die Zivilisation von Jahrtausenden fiel von mir ab! Ich war ein Steinzeitmensch!»

«Was taten Sie?»

«Ich kann mich nicht sehr deutlich erinnern. Es war alles so schnell und heftig. Aber ich wurde von dem erschrekkendsten Gefühl der Wollust überwältigt, das man sich vorstellen kann. Alles andere in meinem Gehirn war wie ausgelöscht. Alles, wonach ich verlangte, war eine Frau. Es kam mir so vor, als würde ich unverzüglich explodieren, wenn ich nicht sofort eine Frau in die Hände bekäme.»

«Glückliche Jeanette», sagte ich, einen Blick zum Nebenzimmer werfend. «Wie geht's ihr denn danach?»

«Jeanette hat mich vor über einem Jahr verlassen», sagte er. «Ich habe sie durch eine glänzende junge Chemikerin ersetzt, die Simone Gautier heißt.»

«Also dann, glückliche Simone.»

«Nein, nein!» rief Henri. «Das war ja gerade das Schreckliche! Sie war noch nicht da! Ausgerechnet heute mußte sie zu spät kommen. Ich wurde langsam verrückt. Ich stürzte in den Flur und eilte die Treppe hinunter. Ich war wie ein gefährliches Tier. Ich war auf der Jagd nach einer Frau, nach irgendeiner Frau, und Gott gnade ihr, wenn ich sie gefunden hätte.»

«Und wen fanden Sie?»

«Gott sei Dank niemanden. Weil ich plötzlich wieder bei Sinnen war. Die Wirkung hatte sich verflüchtigt, und zwar sehr schnell. Und ich stand allein auf dem Treppenabsatz vom zweiten Stock. Mir war kalt. Aber ich wußte sofort ganz genau, was geschehen war. Ich lief wieder nach oben und zurück in dieses Zimmer, wobei ich mir die Nase mit Daumen und Zeigefinger fest zuhielt. Ich ging direkt zu der Schublade, in der ich die Nasenstöpsel aufbewahrte. Seitdem ich mit der Arbeit an diesem Projekt begann, habe ich für derartige Gelegenheiten immer einen Vorrat an Nasenstöpseln bereitgehalten. Ich rammte mir die Stöpsel in die Nase. Dann war ich in Sicherheit.»

«Können die Moleküle nicht durch den Mund in die Nase gelangen?» fragte ich.

«Sie können die Empfänger nicht erreichen», sagte er.

«Deshalb kann man auch nicht durch den Mund riechen. Also ging ich zu dem Gerät hinüber und schaltete den Erwärmer aus. Ich tat die winzige Menge Flüssigkeit dann aus dem abgedichteten Gefäß in die sehr feste, absolut luftdichte Flasche, die Sie hier sehen. Es sind genau elf Kubikzentimeter Nummer 1076 darin.»

«Und dann haben Sie mich angerufen?»

«Nicht gleich, nein. Simone kam nämlich in diesem Augenblick. Als sie mich erblickte, lief sie schreiend ins Nebenzimmer.»

«Warum das?»

«Mein Gott, Oswald, ich stand splitternackt da und wußte es gar nicht. Ich muß mir mein ganzes Zeug vom Leib gerissen haben!»

«Und dann?»

«Ich zog mich wieder an. Danach ging ich zu Simone und erzählte ihr genau, was geschehen war. Als sie es hörte, wurde sie genauso aufgeregt wie ich. Sie dürfen nicht vergessen, daß wir nun schon über ein Jahr gemeinsam an dieser Sache arbeiten.»

«Ist sie noch da?»

«Ja. Sie ist nebenan, in dem anderen Labor.»

Es war schon eine erstaunliche Geschichte, die Henri mir da erzählt hatte. Ich nahm die kleine eckige Flasche hoch und hielt sie ans Licht. Durch das dicke Glas konnte ich gut anderthalb Zentimeter Flüssigkeit erkennen, hell und rosagrau, wie der Saft einer reifen Quitte.

«Lassen Sie sie nicht fallen», sagte Henri. «Stellen Sie sie lieber wieder hin.» Ich stellte sie wieder hin. «Als nächstes», fuhr er fort, «werden wir einen genauen Test unter wissenschaftlichen Bedingungen vornehmen. Zu diesem Zweck werde ich eine bestimmte Menge von der Flüssigkeit auf eine Frau sprühen und dann einen Mann auf sie zugehen lassen. Ich werde den Vorgang aus nächster Nähe beobachten müssen.»

«Sie sind ein altes Schwein», sagte ich.

«Ich bin Olfaktologe», antwortete er förmlich.

«Warum soll ich nicht mit meinen Nasenstöpseln auf die Straße gehen», sagte ich, «und die erste Frau besprühen, die vorbeikommt? Sie können vom Fenster aus zuschauen. Es wird sehr spaßig sein.»

«Sicher, es würde spaßig sein», sagte Henri. «Aber nicht sehr wissenschaftlich. Ich muß den Test in einem geschlossenen Raum unter kontrollierten Bedingungen vornehmen.»

«Und ich werde die männliche Rolle spielen», sagte ich.
«Nein, Oswald.»

«Wieso nein? Ich bestehe darauf.»

«Nun hören Sie mal zu», sagte Henri. «Wir haben noch nicht herausgefunden, was passiert, wenn eine Frau anwesend ist. Dieses Zeug ist sehr stark. Das steht fest. Und Sie, mein Lieber, sind nicht mehr ganz jung. Es könnte sehr gefährlich für Sie werden. Es könnte Ihre Kräfte übersteigen.»

Das saß. «Ach was, nichts wird meine Kräfte übersteigen», sagte ich.

«Unsinn», sagte Henri. «Ich lehne es ab, ein Risiko einzugehen. Deshalb habe ich den tüchtigsten und stärksten jungen Mann engagiert, den ich finden konnte.»

«Sie wollen sagen, Sie haben es bereits getan?»

«Gewiß», sagte Henri. «Ich bin aufgeregt und ungeduldig. Ich möchte vorankommen. Der junge Mann muß jede Minute hier sein.»

«Wer ist es?»

«Ein Berufsboxer.»

«Großer Gott.»

«Er heißt Pierre Lacaille. Ich zahle ihm tausend Franc für die Sache.»

«Wie haben Sie ihn gefunden?»

«Ich kenne weit mehr Leute, als Sie denken, Oswald. Ich bin schließlich kein Eremit.»

«Weiß denn der Mann, was ihm bevorsteht?»

«Ich habe ihm nur gesagt, daß er an einem wissenschaftlichen Experiment teilnehmen soll, das etwas mit der Psychologie der Sexualität zu tun hat. Je weniger er weiß, um so besser.»

«Und die Frau? Wen haben Sie da ins Auge gefaßt?»

«Simone natürlich», sagte Henri. «Sie ist selbst Wissenschaftlerin. Sie wird die Reaktionen des Mannes noch genauer beobachten können als ich.»

«Das wird sie», sagte ich. «Ist sie sich darüber klar, was ihr passieren kann?»

«Durchaus. Und es hat mich allerhand Mühe gekostet, sie dazu zu überreden. Ich mußte betonen, es sei eine Demonstration, die in die Geschichte eingehen werde. Man wird noch in hundert Jahren davon reden.»

«Unsinn», sagte ich.

«Mein Lieber, es hat im Laufe der Jahrhunderte immer wieder große, heldenhafte Augenblicke bei wissenschaftlichen Entdeckungen gegeben, die man nie vergessen wird. Wie zum Beispiel damals, als sich Dr. Horace Wells in Hartford, Connecticut, 1844 einen Zahn ziehen ließ.»

«Was war daran so denkwürdig?»

«Dr. Wells war ein Zahnarzt, der eine Zeitlang mit Lachgas herumexperimentiert hatte. Eines Tages bekam er furchtbare Zahnschmerzen. Er wußte, daß der Zahn gezogen werden mußte, und er holte einen anderen Zahnarzt, der die Sache machen sollte. Zuerst überredete er seinen Kollegen aber, sich das Gesicht mit einer Maske zu bedecken und das Lachgas aufzudrehen. Er wurde bewußtlos, der Zahn wurde gezogen, und er wachte munter wie ein Floh wieder auf. Und *das*, Oswald, war die erste Operation der Welt, die unter Vollnarkose gemacht wurde. Er setzte etwas Großes in Gang. Für unseren Fall gilt das gleiche.»

In diesem Augenblick klingelte es. Henri ergriff ein Paar Nasenstöpsel und nahm sie mit zur Tür. Und da stand Pierre, der Boxer. Aber Henri wollte ihn nicht eintreten lassen, ehe die Nasenstöpsel fest in seine Nase gerammt waren. Ich nehme an, der Bursche hat gedacht, er solle in einem Pornofilm auftreten, aber die Sache mit den Stöpseln muß ihm die Illusion schnell geraubt haben. Pierre Lacaille war ein Bantamgewicht, klein, muskulös und drahtig. Er hatte ein flaches Gesicht und eine gekrümmte Nase. Er war etwa zweiundzwanzig Jahre alt und nicht sehr intelligent.

Henri machte uns bekannt, und dann führte er uns ohne

Umschweife in das Laboratorium nebenan, wo Simone arbeitete. Sie stand in einem weißen Kittel am Labortisch und schrieb gerade etwas in ein Notizbuch. Als wir eintraten, blickte sie aus dicken Brillengläsern zu uns auf. Die Brille hatte ein weißes Plastikgestell.

«Simone», sagte Henri, «das ist Pierre Lacaille.»

Simone sah den Boxer an, sagte aber nichts. Henri machte sich nicht die Mühe, mich vorzustellen.

Simone war eine schlanke Frau in den Dreißigern, mit einem angenehmen, nicht geschminkten Gesicht. Ihr Haar war nach hinten gebürstet und zu einem Knoten geflochten. Das verlieh ihr zusammen mit der weißen Brille, dem weißen Kittel und der weißen Haut ihres Gesichts ein seltsam antiseptisches Aussehen. Sie machte den Eindruck, als wäre sie eine halbe Stunde lang in einem Sterilisierapparat keimfrei gemacht worden und müßte mit Gummihandschuhen angefaßt werden. Sie starrte den Boxer mit großen braunen Augen an.

«Wir wollen anfangen», sagte Henri. «Sind Sie bereit?»

«Ich weiß nicht, was jetzt passieren soll», sagte der Boxer. «Aber ich bin bereit.» Er tänzelte ein bißchen auf den Zehenspitzen hin und her.

Henri war auch bereit. Er hatte die ganze Sache offensichtlich vorbereitet, ehe ich kam. «Simone wird auf dem Stuhl sitzen», sagte er, auf einen einfachen Holzstuhl in der Mitte des Laboratoriums deutend. «Und Sie, Pierre, behalten die Nasenstöpsel drin und stellen sich auf die Sechs-Meter-Marke.»

Auf dem Fußboden hatte er Kreidestriche gezogen, die

die verschiedenen Entfernungen vom Stuhl anzeigten, von einem halben Meter bis sechs Meter.

«Ich werde zunächst ein wenig Flüssigkeit auf den Hals der Dame sprühen», fuhr Henri zum Boxer gewandt fort. «Dann werden Sie sich die Nasenstöpsel herausziehen und langsam auf sie zugehen.» Zu mir sagte er: «Als erstes möchte ich den effektiven Wirkungsradius ermitteln, das heißt die genaue Entfernung zwischen ihr und der Versuchsperson, bei der die Moleküle zu wirken beginnen.»

«Behält er die Kleider dabei an?» fragte ich.

«Ja, er zieht sich nicht aus.»

«Und soll die Dame mitmachen oder Widerstand leisten?»

«Weder noch. Sie muß ein völlig passives Werkzeug in seinen Händen sein.»

Simone blickte immer noch auf den Boxer. Ich sah, wie sie sich langsam mit der Zungenspitze über die Lippen fuhr.

«Hat dieses Parfum», fragte ich Henri, «irgendeine Wirkung auf Frauen?»

«Überhaupt keine», sagte er. «Deshalb schicke ich Simone jetzt hinaus, damit sie die Dosis, die versprüht werden soll, abfüllt.» Das Mädchen ging in das Hauptlabor und schloß die Tür hinter sich.

«Sie sprühen also etwas auf das Mädchen, und ich gehe auf sie zu?» fragte der Boxer. «Und was passiert dann?»

«Das müssen wir abwarten», sagte Henri. «Sie haben doch keine Angst, oder?»

«Ich, Angst?» sagte der Boxer. «Vor einer Frau?»

«Sehr gut», sagte Henri. Er war jetzt sehr aufgeregt. Er begann von einem Ende des Zimmers zum anderen zu hüpfen, wobei er die Position des Stuhls auf der Kreidemarkierung kontrollierte und abermals kontrollierte und sämtliche zerbrechlichen Gegenstände wie gläserne Meßbecher, Flaschen und Reagenzgläser vom Tisch entfernte und auf ein hohes Regal stellte. «Das hier ist nicht der ideale Ort», sagte er, «aber wir müssen das Beste daraus machen.» Er band sich eine Chirurgenmaske über die untere Gesichtshälfte und reichte auch mir eine.

«Trauen Sie den Nasenstöpseln nicht?»

«Es ist eine zusätzliche Vorsichtsmaßnahme», sagte er. «Legen Sie sie lieber an.»

Das Mädchen kehrte mit einer winzigen Spritzpistole aus rostfreiem Stahl zurück. Sie gab Henri die Pistole. Henri zog eine Stoppuhr aus der Tasche. «Macht euch bitte fertig», sagte er. «Pierre, Sie stellen sich dort auf die Sechs-Meter-Marke.» Pierre tat es. Das Mädchen setzte sich auf den Stuhl. Es war ein Stuhl ohne Lehnen. Sie saß sehr steif und gerade da in ihrem blütenweißen Kittel, hielt die Hände gefaltet auf dem Schoß und drückte die Knie zusammen. Henri baute sich hinter dem Mädchen auf. Ich stand auf der einen Seite. «Sind wir soweit?»

«Augenblick», sagte das Mädchen. Es war das erste Wort, das sie gesprochen hatte. Sie stand auf, nahm sich die Brille ab, legte sie auf ein hohes Regal und kehrte zu ihrem Stuhl zurück. Sie zog den weißen Kittel an ihren Schenkeln glatt, faltete dann die Hände und legte sie wieder auf den Schoß.

«Sind wir jetzt soweit?» fragte Henri.

«Geben Sie's ihr», sagte ich. «Drücken Sie ab.»

Henri richtete die kleine Spritzpistole auf eine freie Hautpartie genau unter Simones Ohr. Er drückte auf den Abzug. Die Pistole machte ein leise zischenes Geräusch, und aus ihrer Düse kam ein feiner feuchter Nebel.

«Ziehen Sie die Nasenstöpsel heraus!» rief Henri dem Boxer zu, während er schnell von dem Mädchen fortsprang und sich neben mich stellte. Der Boxer ergriff die Fäden, die aus seinen Nasenlöchern baumelten, und zog. Die mit Vaseline bestrichenen Gummistöpsel glitten heraus.

«Los, los!» rief Henri. «Gehen Sie jetzt! Werfen Sie die Stöpsel auf den Boden, und gehen Sie langsam vorwärts!» Der Boxer machte einen Schritt vorwärts. «Nicht so schnell!» rief Henri. «Langsam! Das ist besser! Weitergehen! Weitergehen! Nicht stehenbleiben!» Er war verrückt vor Aufregung, und ich muß gestehen, daß auch ich etwas von meiner Gelassenheit verloren hatte. Ich warf einen Blick auf das Mädchen. Sie hockte auf dem Stuhl, nur wenige Meter von dem Boxer entfernt, bewegungslos. Sie verfolgte jede seiner Bewegungen, und ich mußte plötzlich an ein weißes Rattenweibchen denken, das ich einmal in einem Käfig zusammen mit einer riesigen Pythonschlange gesehen hatte. Die Python würde die Ratte gleich fressen, und die Ratte wußte es. Die Ratte kroch förmlich in sich zusammen, hypnotisiert und völlig fasziniert von dem langsamen Vorwärtskriechen der Schlange.

Der Boxer rückte langsam vor.

Als er die Fünf-Meter-Marke überschritt, nahm das Mädchen die Hände auseinander. Sie legte die Hände flach auf die Schenkel. Dann überlegte sie es sich anders und schob sie fast unter ihre beiden Gesäßhälften, wobei sie sich auf beiden Seiten am Stuhlsitz festhielt und sich so für den kommenden Ansturm rüstete.

Der Boxer hatte gerade die Zwei-Meter-Marke überschritten, als ihn der Geruch traf. Er blieb wie angewurzelt stehen. Seine Augen wurden glasig, und er schwankte auf seinen Beinen, als habe man ihm einen Schlag mit dem Holzhammer auf den Kopf versetzt. Ich meinte schon, er würde gleich umfallen, aber das tat er nicht. Er stand da und schwankte wie ein Betrunkener sanft von einer Seite zur anderen. Plötzlich begann er durch die Nasenlöcher Geräusche von sich zu geben, sonderbare kleine Schnaufer und Grunzer, die mich an ein Schwein erinnerten, das in seinem Trog herumschnieft. Dann sprang er das Mädchen ohne jede Warnung an. Er riß ihr den weißen Kittel, das Kleid und die Unterwäsche herunter. Danach war die Hölle los.

Es hat kaum einen Sinn, genau zu beschreiben, was in den nächsten paar Minuten geschah. Das meiste davon kann man ohnehin erraten. Ich muß allerdings doch gestehen, daß Henri wahrscheinlich recht gehabt hatte, einen außergewöhnlich kräftigen und gesunden jungen Mann auszusuchen. Ich sage es nicht gern, aber ich bezweifle, daß mein Körper der unglaublich heftigen Gymnastik gewachsen gewesen wäre, die der Boxer wie unter Zwang vollführte. Ich bin kein Voyeur. Ich hasse solche Sachen. Aber in diesem Fall stand ich völlig gebannt da. Die pure animalische Wildheit des Mannes war beängstigend. Er war wie eine Bestie. Und mitten in all dem tat Henri etwas Interessantes. Er zog einen Revolver und stürzte zu dem Boxer hin und schrie: «Lassen Sie das Mädchen los! Lassen Sie sie in Ruhe!» Der Boxer nahm ihn gar nicht wahr. Henri feuerte knapp über seinem Kopf einen Schuß ab und brüllte: «Ich meine es ernst, Pierre! Ich erschieße Sie, wenn Sie nicht aufhören!» Der Boxer blickte nicht einmal hoch.

Henri hüpfte und tanzte durchs Zimmer und schrie: «Es ist phantastisch! Es ist großartig! Unglaublich! Es funktioniert! Es funktioniert! Wir haben es geschafft, mein lieber Oswald! Wir haben es geschafft!»

Der Wirbel hörte genauso schnell auf, wie er begonnen hatte. Der Boxer ließ das Mädchen plötzlich los, stand auf, blinzelte ein paarmal und fragte dann: «Verdammt noch mal, wo bin ich denn hier? Was ist passiert?»

Simone, die es anscheinend ohne Knochenbrüche überstanden hatte, sprang auf, riß ihre Kleidungsstücke an sich und rannte ins Nebenzimmer. «Vielen Dank, Mademoiselle», sagte Henri, als sie an ihm vorbeisauste.

Das Interessante war, daß der benebelte Boxer nicht im geringsten ahnte, was er getan hatte. Nackt und schweißgebadet stand er da, sah sich im Zimmer um und versuchte herauszufinden, wie um alles in der Welt er in diesen Zustand geraten war.

«Was habe ich denn getan?» fragte er. «Wo ist das Mädchen?»

«Sie waren fabelhaft!» rief Henri und warf ihm ein

Handtuch zu. «Seien Sie unbesorgt! Die tausend Franc sind Ihnen sicher!»

In diesem Augenblick flog die Tür auf, und Simone kam, immer noch nackt, ins Labor zurückgerannt. «Besprühen Sie mich noch einmal!» schrie sie. «Oh, Monsieur Henri, nur noch ein einziges Mal!» Ihr Gesicht glühte, ihre Augen glänzten und funkelten.

«Das Experiment ist beendet. Gehen Sie und ziehen Sie sich wieder an.» Henri packte sie an den Schultern und stieß sie ins andere Zimmer zurück. Dann schloß er die Tür hinter ihr.

Eine halbe Stunde später feierten Henri und ich unseren Erfolg unten in einem kleinen Café. «Wie lange hat es gedauert?» fragte ich.

«Sechs Minuten und zweiunddreißig Sekunden», sagte Henri.

Ich trank langsam meinen Cognac und beobachtete die Leute, die auf dem Bürgersteig vorbeischlenderten. «Was ist der nächste Schritt?»

«Zunächst muß ich meine Aufzeichnungen machen», sagte Henri. «Dann werden wir über die Zukunft reden.»

«Kennt außer Ihnen noch jemand die Formel?»

«Niemand.»

«Und Simone?»

«Sie kennt sie nicht.»

«Haben Sie sie aufgeschrieben?»

«Nicht so, daß ein anderer daraus klug werden könnte. Das werde ich morgen machen.»

«Erledigen Sie das unbedingt als erstes», sagte ich. «Ich

möchte eine Abschrift haben. Wie wollen wir das Zeug nennen? Wir brauchen einen Namen.»

«Was schlagen Sie vor?»

«*Bitch*», sagte ich. «Wir wollen es *Bitch* nennen.»

Henri nickte lächelnd.

Ich bestellte noch zwei Cognac.

«Mit dem Zeug könnte man leicht einen Aufruhr stoppen», sagte ich. «Viel besser als mit Tränengas. Stellen Sie sich nur das Schauspiel vor, wenn man damit eine wütende Menschenmenge besprüht.»

«Hübsch», sagte Henri. «Sehr hübsch.»

«Wir könnten noch etwas tun, wir könnten es zu phantastischen Preisen an sehr dicke, sehr reiche Frauen verkaufen.»

«Das könnten wir», antwortete Henri.

«Glauben Sie, daß es Potenzschwächen bei Männern heilen könnte?» fragte ich.

«Selbstverständlich», sagte Henri. «Mit der Impotenz wäre es für immer aus.»

«Und bei Achtzigjährigen?»

«Da auch», sagte er, «obwohl es sie gleichzeitig umbringen würde.»

«Und kaputte Ehen?»

«Mein lieber Freund», sagte Henri. «Der Möglichkeiten sind Legion.»

Genau in diesem Augenblick begann in meinem Kopf langsam eine Idee zu keimen. Wie Sie wissen, habe ich eine Leidenschaft für Politik. Und obgleich ich Engländer bin, habe ich immer mit Leidenschaft die Politik der Vereinigten Staaten von Amerika verfolgt. Ich war immer der Meinung, dort drüben, bei jener mächtigen, aus vielen Völkern bestehenden Nation, müsse sich das Geschick der Menschheit entscheiden. Und gerade jetzt war dort ein Präsident im Amt, den ich nicht ausstehen konnte. Er war ein böser Mensch, der eine niederträchtige Politik verfolgte. Und schlimmer als das, er war eine humorlose und unattraktive Kreatur. Warum jagte ich, Oswald Cornelius, ihn also nicht aus dem Amt?

Die Idee reizte mich.

«Wieviel *Bitch* haben Sie im Moment noch im Labor?» fragte ich.

«Genau zehn Kubikzentimeter», sagte Henri.

«Und wie groß ist eine Dosis?»

«Für den Test nahmen wir einen Kubikzentimeter.»

«Mehr brauche ich nicht», sagte ich. «Einen Kubikzentimeter. Ich werde ihn heute mitnehmen. Und ein Paar Nasenstöpsel.»

«Nein», sagte Henri. «Wir wollen in diesem Stadium noch nicht damit spielen. Es ist zu gefährlich.»

«Es ist mein Eigentum», sagte ich. «Die Hälfte davon gehört mir. Vergessen Sie nicht unsere Vereinbarung.»

Schließlich mußte er nachgeben. Aber er tat es höchst ungern. Wir gingen ins Labor zurück, steckten uns die Stöpsel in die Nase, und Henri füllte genau einen Kubikzentimeter *Bitch* in ein kleines Parfumfläschchen ab. Er versiegelte den Stöpsel mit Wachs und gab mir das Fläschchen. «Ich flehe Sie an, vorsichtig damit zu sein», sagte er. «Dies ist wahrscheinlich die wichtigste wissenschaftliche

Entdeckung des Jahrhunderts, und man sollte nicht damit scherzen.»

Von Henris Räumen fuhr ich direkt zum Atelier eines alten Freundes, Marcel Brossollet. Marcel war Erfinder und Hersteller von winzigen wissenschaftlichen Präzisionsinstrumenten. Er arbeitete für Chirurgen, entwickelte neue Herzklappen und Schrittmacher und jene kleinen Ventilklappen, die den inneren Druck im Schädel bei Menschen mit einem Wasserkopf vermindern.

«Ich möchte», sagte ich zu Marcel, «daß du mir eine Kapsel machst, die genau einen Kubikzentimeter Flüssigkeit faßt. Mit dieser kleinen Kapsel muß ein Zeitzünder-Mechanismus verbunden sein, der sie in einem vorher bestimmten Augenblick aufschlitzt und die Flüssigkeit freigibt. Das ganze Ding darf nicht mehr als gut einen Zentimeter lang und gut einen Zentimeter hoch sein. Je kleiner, um so besser. Glaubst du, daß du das schaffst?»

«Kein Problem», sagte Marcel. «Eine dünne Plastikkapsel, ein winziges Stück von einer Rasierklinge, um die Kapsel aufzuschlitzen, und die übliche Weckvorrichtung aus einer sehr kleinen Damenuhr. Soll man die Kapsel füllen können?»

«Ja. Mach sie bitte so, daß ich sie selbst füllen und versiegeln kann. Kann ich sie in einer Woche haben?»

«Warum nicht?» sagte Marcel. «Kein Problem.»

Der nächste Morgen brachte traurige Nachrichten. Simone, dieses kleine, geile Biest, hatte sich offenbar, gleich nachdem sie ins Labor gekommen war, mit dem gesamten restlichen *Bitch*-Vorrat – mehr als neun Kubikzentimeter –

besprüht! Dann hatte sie sich hinter Henri geschlichen, der sich gerade an seinen Schreibtisch gesetzt hatte, um seine Aufzeichnungen zu machen.

Ich brauche Ihnen nicht zu erzählen, was anschließend passierte. Und was das Schlimmste von allem war – das dumme Ding hatte vergessen, daß Henri ein akutes Herzleiden hatte. Verdammt, er durfte ja nicht einmal zu Fuß eine Treppe hinaufsteigen. Als ihn also die Moleküle trafen, hatte der arme Kerl keine Chance mehr. Er war binnen einer Minute tot, im Kampf gefallen, wie man so sagt. Und das war's.

Das verteufelte Weibsstück hätte wenigstens warten können, bis er die Formel aufgeschrieben hatte. Wie sich herausstellte, hatte Henri keine einzige Aufzeichnung hinterlassen. Ich durchsuchte das Labor, als man seine Leiche weggebracht hatte, aber ich fand nichts. Also war ich entschlossener denn je, guten Gebrauch von dem einzigen Kubikzentimeter *Bitch* zu machen, den es jetzt noch auf der Welt gab.

Eine Woche später holte ich einen wunderschönen kleinen Gegenstand bei Marcel Brossollet ab. Der Zeitzünder bestand aus der kleinsten Uhr, die ich je gesehen hatte, und war zusammen mit der Kapsel und allen anderen Teilen auf einem winzigen, nur einen Zentimeter breiten und langen Aluminiumplättchen befestigt. Marcel zeigte mir, wie man die Kapsel füllen und versiegeln und wie man den Zeitmechanismus einstellen mußte.

Ich dankte ihm und beglich die Rechnung.

So schnell wie möglich fuhr ich nach New York. In

Manhattan bezog ich ein Zimmer im *Plaza*. Dort kam ich ungefähr um drei Uhr nachmittags an. Ich nahm ein Bad, rasierte mich und bestellte beim Zimmerservice eine Flasche Glenlivet und etwas Eis. Ich fühlte mich sauber und pudelwohl in meinem Morgenmantel und goß mir einen guten steifen Drink von dem köstlichen Malzwhisky ein und machte es mir dann mit der *New York Times* vom Vormittag in einem tiefen Sessel gemütlich. Meine Suite ging auf den Central Park, und durch das offene Fenster konnte ich das Summen des Verkehrs und das Gehupe der Taxifahrer am Central Park South hören. Plötzlich fiel mir eine der kleineren Schlagzeilen auf der ersten Seite ins Auge. Sie lautete: PRÄSIDENT HEUTE ABEND IM FERNSEHEN. Ich las weiter. *Man rechnet damit, daß der Präsident in seiner Rede vor den Töchtern der amerikanischen Revolution heute abend eine wichtige Erklärung zur Außenpolitik abgibt. Das Gala-Essen ihm zu Ehren findet im Ballsaal des Waldorf Astoria statt . . .*

Mein Gott, was für ein Glück!

Ich hatte mich darauf vorbereitet, in New York wochenlang auf eine solche Chance warten zu müssen. Der Präsident der Vereinigten Staaten tritt nicht oft mit einem Haufen Frauen im Fernsehen auf. Und das war genau das, was ich brauchte. Er war ein verdammt aalglatter Bursche. Er war schon in so manche trübe Brühe hineingeschlittert, und wenn er herauskam, stank er auch entsprechend. Doch jedesmal brachte er es fertig, die Nation davon zu überzeugen, daß der Geruch von jemand anderem stammte, nur nicht von ihm. Ich rechnete mir also folgendes aus. Ein

Mann, der vor zwanzig Millionen Zuschauern überall im Land eine Frau vergewaltigt, würde es ganz schön schwer haben, das abzustreiten.

Ich las weiter. *Der Präsident wird um 21 Uhr etwa zwanzig Minuten lang sprechen, und seine Rede wird von sämtlichen großen Fernsehanstalten übertragen. Die einführenden Worte spricht Mrs. Elvira Ponsonby, die gegenwärtige Präsidentin der Töchter der amerikanischen Revolution. Als wir sie in ihrer Suite im Waldorf Astoria interviewten, erklärte Mrs. Ponsonby . . .*

Es war perfekt! Mrs. Ponsonby würde rechts vom Präsidenten sitzen. Genau um zehn nach neun, wenn der Präsident mitten in seiner Rede war und die halbe Bevölkerung der Vereinigten Staaten ihm zuschaute, würde eine kleine Kapsel, die heimlich irgendwo auf Mrs. Ponsonbys Busen ruhte, durchbohrt werden. Etwa ein Kubikzentimeter *Bitch* würde auf ihr Abendkleid aus Goldlamé sickern. Der Präsident würde den Kopf heben, schnuppern, noch einmal schnuppern, seine Augen würden hervorquellen, seine Nasenlöcher sich weiten, und er würde wie ein Deckhengst zu schnauben beginnen. Dann würde er sich plötzlich zur Seite wenden und Mrs. Ponsonby packen. Sie würde quer über den Eßtisch geschleudert werden, und der Präsident würde auf sie springen, und dabei würden Torte à la mode und Erdbeereis mit Schlagsahne in alle Richtungen fliegen.

Ich lehnte mich zurück und schloß die Augen, das köstliche Schauspiel genießend. Ich sah bereits die Schlagzeilen der Zeitungen vom nächsten Morgen:

BISHER BESTE LEISTUNG DES PRÄSIDENTEN
GEHEIMNISSE DES PRÄSIDENTEN VOR DEM
GANZEN LAND ENTHÜLLT
PRÄSIDENT WEIHT PORNO-FERNSEHEN EIN
Und so weiter.

Am folgenden Tag würde man die Amtsenthebung ein-
leiten, und ich würde New York in aller Stille verlassen,
um wieder nach Paris zu fahren. Ich konnte also morgen
schon wieder abreisen!

Ich sah auf meine Uhr. Es war beinahe vier. Ich kleidete
mich ohne Hast an. Ich fuhr mit dem Fahrstuhl in die
Haupthalle hinunter und schlenderte zur Madison Ave-
nue. Irgendwo bei der 62nd Street fand ich ein gutes Blu-
mengeschäft. Dort kaufte ich einen Ansteckstrauß aus drei
großen Orchideenblüten, die zusammengebunden waren.
Es waren Cattleyas, weiß mit lila Tupfen. Sie waren besonders vulgär. Und das war Mrs. Ponsonby zweifellos auch.
Ich ließ sie im Geschäft in eine hübsche Schachtel packen,
die mit Goldfäden verschnürt wurde. Dann schlenderte ich
mit der Schachtel ins *Plaza* zurück und fuhr zu meiner
Suite hinauf.

Ich schloß alle Türen ab, die auf den Flur gingen, falls ein
Zimmermädchen hereinkommen sollte, um die Bettdecke
zurückzuschlagen. Ich holte die Nasenstöpsel heraus und
bestrich sie sorgfältig mit Vaseline. Ich steckte sie mir in die
Nasenlöcher und drückte sie kräftig hinein. Ich band mir
als zusätzliche Vorsichtsmaßnahme eine Chirurgenmaske
vor die untere Gesichtshälfte, genau wie Henri es gemacht
hatte. Dann war ich bereit für den nächsten Schritt.

Mit einer gewöhnlichen Pipette, wie man sie für Nasentropfen benutzt, übertrug ich meinen kostbaren Kubikzentimeter *Bitch* aus dem Flakon in die winzige Kapsel. Die Hand mit der Pipette zitterte dabei ein bißchen, aber es ging alles gut. Ich versiegelte die Kapsel. Danach zog ich die winzige Uhr auf und stellte die genaue Zeit ein. Es war drei Minuten nach fünf. Zuletzt stellte ich den Zeitmechanismus so, daß er um zehn Minuten nach neun losgehen und die Kapsel zerbrechen würde.

Der Blumenbinder hatte die Stengel der drei riesigen Orchideenblüten mit einer zweieinhalb Zentimeter breiten Schleife zusammengebunden. Es war für mich eine einfache Sache, die Schleife zu entfernen und meine kleine Kapsel samt dem Zeitmechanismus mit einem starken Faden an den Orchideenstengeln zu befestigen. Als das getan war, wickelte ich das Band wieder um die Stengel und über die winzige Vorrichtung. Dann machte ich eine neue Schleife. Es war eine hübsche Arbeit.

Als nächstes rief ich im *Waldorf* an und erfuhr, daß das Gala-Essen um acht Uhr anfing, die Gäste aber schon um halb acht im Ballsaal versammelt sein sollten, ehe der Präsident eintraf.

Um zehn nach sieben zahlte ich das Taxi vor dem Eingang zum *Waldorf* und betrat das Gebäude. Ich durchquerte die kleine Halle und legte meine Orchideenschachtel auf den Tisch des Empfangs. Ich beugte mich so weit wie möglich zu dem Portier hinüber. «Ich muß dieses Päckchen bei Mrs. Ponsonby abgeben», flüsterte ich mit leichtem amerikanischem Akzent. «Es ist ein Geschenk des Präsidenten.»

Der Portier beäugte mich mißtrauisch.

«Mrs. Ponsonby spricht heute abend die einführenden Worte, bevor der Präsident im Ballsaal seine Rede hält», fügte ich hinzu. «Der Präsident wünscht, daß sie diesen Ansteckstrauß sofort erhält.»

«Lassen Sie ihn da, ich werde ihn auf ihre Suite bringen lassen», sagte der Portier.

«Nein, das werden Sie nicht», erklärte ich ihm. «Ich habe strenge Anweisung, ihn persönlich abzugeben. Welche Nummer hat ihre Suite?»

Der Mann war beeindruckt. «Mrs. Ponsonby ist auf Fünf-null-eins», sagte er beflissen.

Ich dankte ihm und betrat den Fahrstuhl. Als ich im 5. Stock ausstieg und den Flur entlangging, blieb der Fahrstuhlführer da und beobachtete mich. Ich läutete bei Fünf-null-eins an der Tür.

Die Tür wurde von der gewaltigsten Frau geöffnet, die ich je in meinem Leben gesehen hatte. Ich habe Riesenfrauen in Zirkusarenen gesehen. Ich habe Ringkämpferinnen und Gewichtheberinnen gesehen. Ich habe die hochgewachsenen Massaifrauen in der Steppe unterhalb des Kilimandscharo gesehen. Aber noch nie hatte ich eine Frau gesehen, die so groß und breit und dick war wie diese. Oder so rundum abstoßend. Sie war für das größte Ereignis ihres Lebens aufgeputzt und gekleidet, und in den zwei Sekunden, die verstrichen, bevor einer von uns redete, konnte ich das meiste davon erfassen – das metallische silberblaue Haar, bei dem jede Strähne an die richtige Stelle geklebt war, die braunen Schweinsaugen, die lange, spitze, unheilschnüffelnde Nase, die aufgeworfenen Lippen, den vorspringenden Unterkiefer, den Puder, die Augenschminke, den knallroten Lippenstift und, das Erschütterndste von allem, den ungeheuren hochgeschnürten Busen, der wie ein Balkon vorsprang. Er ragte weit nach vorn und es war geradezu ein Wunder, daß sie nicht unter seiner Last vornüber kippte. Und da stand sie, eine aufgepumpte Riesin, vom Hals bis zu den Knöcheln in das amerikanische Sternenbanner gehüllt.

«Mrs. Elvira Ponsonby?» murmelte ich zögernd.

«Ich bin Mrs. Ponsonby», donnerte sie. «Was wünschen Sie? Ich bin sehr beschäftigt.»

«Mrs. Ponsonby», sagte ich. «Der Präsident hat mich beauftragt, Ihnen das hier persönlich zu überreichen.»

Sie schmolz sofort. «Der gute Mann!» rief sie. «Wie überaus charmant von ihm!» Zwei gewaltige Hände streckten sich aus, um die Schachtel zu packen. Ich überließ sie ihr.

«Meine Anweisungen lauten, unbedingt dafür zu sorgen, daß Sie sie öffnen, bevor Sie zum Bankett gehen», sagte ich.

«Sicher werde ich sie öffnen», sagte sie. «Muß ich es vor Ihren Augen tun?»

«Wenn es Ihnen nichts ausmacht.»

«In Ordnung, treten Sie ein. Aber ich habe nicht viel Zeit.»

Ich folgte ihr in den Salon. «Ich soll Ihnen sagen»,

erklärte ich, «daß es mit den besten Wünschen von Präsident zu Präsidentin kommt.»

«Ha!» röhrte sie. «Das gefällt mir! Was für ein umwerfender Mann er ist!» Sie löste den Goldfaden von der Schachtel und hob den Deckel. «Ich wußte es!» schrie sie. «Orchideen! Wie himmlisch! Sie sind viel großartiger als dies armselige kleine Ding, das ich trage!»

Die Milchstraße von Sternen quer über ihrem Busen hatte mich so geblendet, daß ich die eine Orchidee, die auf der linken Seite angeheftet war, nicht bemerkt hatte.

«Ich werde sie sofort austauschen», sagte sie. «Der Präsident wird erwarten, daß ich sein Geschenk trage.»

«Bestimmt», sagte ich.

Um Ihnen jetzt eine Vorstellung davon zu geben, wie weit ihre Brust vor ihr her ragte, muß ich Ihnen erzählen, daß sie die Blume, die sie losmachen wollte, nur mit ausgestreckten Armen erreichen konnte, als sie danach griff. Sie fingerte eine ganze Zeit an der Nadel herum, aber sie konnte nicht richtig sehen, was sie tat, und der Verschluß wollte sich nicht öffnen. «Ich habe furchtbare Angst davor, dieses kostbare Kleid zu zerreißen», sagte sie. «Hier, machen Sie es.» Sie warf sich herum und stieß mir ihren Mammutbusen ins Gesicht. Ich zögerte. «Vorwärts!» dröhnte sie. «Ich habe nicht den ganzen Abend Zeit!» Ich fing an, und zuletzt gelang es mir, die Nadel aus ihrem Kleid zu haken. «Nun wollen wir schnell die anderen Blüten anlegen», sagte sie.

Ich legte die einzelne Orchidee zur Seite und hob vorsichtig meine Blumen aus der Schachtel.

«Haben Sie auch eine Anstecknadel?» fragte sie.

«Ich glaube nicht», sagte ich. Das war etwas, woran ich nicht gedacht hatte.

«Macht nichts», sagte sie. «Wir werden die andere nehmen.» Sie löste die Sicherheitsnadel von der ersten Orchidee, und dann, ehe ich sie hindern konnte, packte sie die drei Orchideen, die ich in der Hand hielt, und stieß die Nadel mit aller Kraft in das weiße Band um die Stengel. Sie stieß sie fast genau dort hinein, wo meine kleine Kapsel mit *Bitch* versteckt war. Die Nadel traf auf etwas Hartes und wollte nicht durchgehen. Sie stieß sie noch einmal hinein. Und wieder traf sie auf Metall. «Was zur Hölle steckt denn da drunter?» schnaufte sie.

«Lassen Sie mich Ihnen helfen!» rief ich. Aber es war zu spät. Schon hatte sich ein feuchter Fleck von dem *Bitch* aus der durchbohrten Kapsel auf dem weißen Band ausgebreitet, und eine hundertstel Sekunde später traf es meine Riechhärchen. Es erwischte mich direkt unter der Nase und war eigentlich gar nicht wie ein Geruch, weil ein Geruch etwas ist, das keine Festigkeit hat. Denn man kann einen Geruch nicht fühlen. Aber dieses Zeug war konsistent. Es hatte Festigkeit. Ich hatte das Gefühl, als spritze man mir mit Hochdruck eine Flüssigkeit in die Nase hinauf. Es war überaus unangenehm. Ich spürte, wie es höher und höher stieg, die Nasengänge passierte, in die Stirnhöhle drängte und ins Gehirn wollte. Plötzlich begannen die «Stars and Stripes» auf Mrs. Ponsonbys Kleid auf und nieder zu tanzen, und dann fing das ganze Zimmer an zu tanzen. Ich hörte, wie mir das Herz bis in den Hals hinauf schlug. Es war, als geriete ich in Narkose.

In diesem Augenblick muß ich völlig das Bewußtsein verloren haben, wenn auch nur für ein paar Sekunden.

Als ich wieder zu mir kam, stand ich völlig nackt in einem rosenroten Raum und hatte ein eigenartiges Gefühl in der Leistengegend. Ich blickte hinunter und sah, daß mein geliebtes Geschlechtsteil fast einen Meter lang und auch entsprechend dick war. Es wuchs immer noch. Es wurde mit ungeheurer Geschwindigkeit länger und dicker. Gleichzeitig schrumpfte mein Körper zusammen. Kleiner und kleiner wurde er. Größer und größer wurde mein erstaunliches Organ, und bei Gott, es wuchs weiter, bis es meinen ganzen Körper ausmachte, ihn gewissermaßen verschlungen hatte. Ich war jetzt nur noch ein einziger gigantischer aufrechter Penis, über zwei Meter groß und so schön wie nur irgendeiner.

Ich tanzte ein bißchen durch den Raum, um meinen neuen Zustand zu feiern. Dabei begegnete ich einer Jungfrau mit einem sternenbesetzten Kleid. Sie war sehr groß, wie Jungfrauen nun einmal sind. Ich richtete mich zu meiner vollen Höhe auf und deklamierte mit lauter Stimme:

> *«Die Sommerblüte ist dem Sommer gut,*
> *Sie blühet leuchtend trotz des Sommers Glut.*
> *Doch sahst du jemals schon, ich frage dich,*
> *Ein Sexualorgan, so groß wie ich?»*

Die Jungfrau sprang hoch und schlang ihre Arme so weit um mich, wie sie nur konnte. Dann rief sie aus:

Einen Augenblick später waren wir beide Millionen Meilen fort im Weltenraum und flogen in einem Regen von Meteoriten, ganz rot und golden, durch das Universum. Ich ritt sie ohne Sattel, beugte mich vor und umklammerte sie fest mit meinen Schenkeln. «Schneller!» rief ich, ihr lange Sporen in die Flanken jagend. «Schneller!» Schneller und immer schneller flog sie, sauste und wirbelte am Himmelsrand entlang. Ihre Mähne glänzte in der Sonne, und aus ihrem Schwanz stob der Schnee. Das Machtgefühl, das ich empfand, war überwältigend. Ich war unbesiegbar, erhaben. Ich war der Herr des Universums, zerstreute die Planeten in alle vier Winde, fing die Sterne mit der Hand ein und schleuderte sie fort, als wären sie Tischtennisbälle.

Oh, Ekstase und Verzückung! Oh, Jericho und Tyrus und Sidon! Die Mauern stürzten ein, und das Firmament löste sich auf, und aus dem Rauch und dem Feuer der Explosion stieg langsam wieder der Salon im *Waldorf* in mein Bewußtsein auf wie ein grauer Regentag.

Das Zimmer glich einem Schlachtfeld. Ein Tornado hätte weniger Schaden angerichtet. Meine Kleider lagen auf dem Fußboden. Ich fing an, mich sehr schnell anzuziehen. Ich schaffte es in einer halben Minute. Und als ich zur Tür lief, hörte ich eine Stimme, die irgendwo hinter einem

umgestürzten Tisch in der gegenüberliegenden Zimmerekke hervorkam. «Ich weiß nicht, wer Sie sind, junger
Mann», sagte sie. «Aber Sie haben mir auf jeden Fall verdammt wohlgetan.»

Roald Dahl

Gesammelte Erzählungen

Sonderausgabe
Aus dem Amerikanischen von Wolfheinrich von der Mülbe,
Hans-Heinrich Wellmann u. Fritz Güttinger
448 Seiten. Geb.

Küßchen, Küßchen!

11 ungewöhnliche Geschichten
Aus dem Amerikanischen von Wolfheinrich von der Mülbe
rororo 835

… und noch ein Küßchen!

Weitere ungewöhnliche Geschichten
Aus dem Amerikanischen von Hans-Heinrich Wellmann
rororo 989

… steigen aus … maschine brennt …

10 Fliegergeschichten
Aus dem Amerikanischen von Alfred Scholz
rororo 868

Der krumme Hund

Eine lange Geschichte mit 25 Zeichnungen von Catrinus N. Tas
Aus dem Englischen von Fritz Güttinger
rororo 959

Rowohlt